阅读之前 没有真相

午 夜 文 库

螺旋塔事件

孙国栋 著

新星出版社 NEW STAR PRESS

目 录

1	楔子 张逸飞的手记
10	第一章 邀 约
18	第二章 村 庄
28	第三章 晚 宴
43	幕间一
44	第四章 螺 旋
63	第五章 坠 落
79	第六章 哑 铃
90	幕间二
99	第七章 调 查
117	第八章 再 起
125	第九章 往 事
134	幕间三
138	第十章 刺 杀
142	第十一章 曙 光
159	第十二章 山 火
163	幕间四
167	第十三章 未 完
171	第十四章 推 理
203	第十五章 真 相
215	幕间五
216	尾声

主要登场人物

（人物年龄以螺旋塔事件发生时间为准）

沈青云：沈家家主　　　　　　　　　　　　　　62 岁
林静娴：沈青云的妻子　　　　　　　　　　　　55 岁
沈亦心：沈青云的女儿　　　　　　　　　　　　28 岁
李东旭：沈亦心的未婚夫　　　　　　　　　　　35 岁
赵永胜：沈家管家　　　　　　　　　　　　　　52 岁
杨美琴：沈家女佣　　　　　　　　　　　　　　43 岁
许婷婷：沈家女佣　　　　　　　　　　　　　　22 岁

张伟光：沈亦心的高中同学　　　　　　　　　　29 岁
韩忠宇：沈亦心的高中同学　　　　　　　　　　29 岁
刘卓俊：沈亦心的高中同学　　　　　　　　　　28 岁
吴沁妍：沈亦心的高中同学　　　　　　　　　　28 岁

宋立学：天涯大学哲学系大四学生　　　　　　　21 岁
孙小玲：天涯大学物理系大一学生　　　　　　　18 岁

楔子　张逸飞的手记

　　我叫张逸飞，出生在天涯市郊外一个名叫古南村的小山村里。父母都是一辈子面朝黄土背朝天的农民，靠着家里那可怜的一亩三分地勉强糊口，艰难度日。在生下我之前，他们已经有了两个女儿，也就是我的两个姐姐，尽管四口之家的日子已经过得十分拮据，但他们还是想要个儿子。好在第三胎终于是个男孩，从此他们也就断了继续生育的念想，毕竟再多生一个就实在养不起了。

　　我和两个姐姐一样，从小就跟着父母一起做农活，每天生活的主要内容就是放牛、插秧、锄地，日复一日，年复一年，从没走出过古南村一步。如果不是因为战争，我这一辈子注定不过是再重复一遍父母的人生罢了。不过当时的我并没有意识到这一点，尽管生活条件艰苦，但我却觉得很幸福。在三个孩子当中，父母自然对我最为宠爱，有什么好东西总是会先留给我。两个姐姐对此也并不介意，依然对我十分照顾。我每天最期待的就是干完一天的农活后，回到家里和父母还有两个姐姐一起吃晚饭的半个小时，一家人围坐在家里那张又破又烂的小木桌旁，有说有笑，分享着这一天发生的趣事。母亲做的菜虽然简单朴素，但却美味可口，总能让我食欲大开，再加上干了一天农活的体力消耗，每次我都能吃上三大碗饭。

我的大姐虽然经常做农活，但姿容清秀，性格温柔。村西头的地主陆家的公子哥陆少爷很喜欢她，为了讨好大姐，陆少爷常常给我们家送些吃的穿的，还主动教我们姐弟三人读书写字。后来，我还从陆少爷那儿借了不少书来读，在放牛的闲暇时间读读书便是我当时最大的精神享受了。

现在想来，那是我一生中最幸福的时光。然而，在我十五岁那年，战争改变了一切。

虽然当时的古南村交通不便，信息闭塞，但我还是从村里的大人们那里听说了战争的事情。当时的J国不知道为什么要入侵N国，N国人民奋起反抗，两国之间爆发了激烈的战争，双方的死伤都很惨重。听村里的大人们说当时N国的土地上尸横遍野，血流成河，很多城市被炮火轰成了废墟，城里的人都已经死得精光了，但奇怪的是作为N国第一大城市的天涯市居然一直十分平静，似乎世外桃源一般，完全逃过了战火的侵袭。

而古南村虽然也在天涯市的地界内，但说到底不过是个偏远的小山村而已，即使打仗也没人会打到这里来吧。

可是，好日子没能持续多久。直到那天，我才知道这一切都只是自己的幻想，战争的魔爪终究还是伸向了古南村。

我还记得那是一个夏日的傍晚，天色已晚，我结束了一天的劳作，准备牵着水牛回家吃饭。因为下午干活的时候二姐突然觉得身体不舒服，所以父母和大姐便提前回家照顾二姐了。这时，耳边突然传来巨大的轰鸣声，开始我还以为是打雷了，可随后远方的视线边缘出现了一个黑点，慢慢地黑点越来越大，越来越多，轰鸣声也越来越响，我终于明白过来那是J国的飞机。它们像蝗虫一样密密麻麻地从空中飞过，伴随着刺耳的发动机轰鸣声，一枚枚黑色的炸弹被投下，瞬间就将小小的古南村炸成了一片废墟。

我的父母和两个姐姐都在这场轰炸中失去了生命，而我却因为当时不在家侥幸逃过了一劫。当时的我拼命地奔跑着，朝家的方向奔跑着，但就在那个被我称作"家"的小土屋刚刚进入我的视线边缘时，一个黑色的物体径直从视野的上方窜入，精准地落入我的家中——那是一枚炸弹。伴随着剧烈的爆炸声，我家的小土屋彻底变成了一片黄土。我不顾一切地冲进飞扬的尘土当中，哭喊着父母和姐姐的名字，然而等待我的，只是四具血肉模糊的尸体。

周围依然绵延不绝的爆炸声让我没有时间沉浸在过度的悲伤之中，我从废墟当中找到了家里做农活用的铁锹，想就地挖个坑，把父母和姐姐的尸体简单地安葬，让他们入土为安。

然而，上天连这个简单的愿望也不满足我。我还没开始挖，就有一堆逃难的村民冲了过来，其中一人拉住我的胳膊，我还没反应过来便被拉着跑出了老远，甚至都没能回头再看父母和姐姐的尸体一眼。

之后的事情，我已经没有太多印象，只记得自己一直跑，一直跑，一直跑。起初，村里有很多逃难的村民，我只是茫然地跟着大部队一起跑，但渐渐地，我身边的人越来越少，不知是因为又有更多人在J国飞机的炸弹下殒命，还是因为我自己没注意、偏离了大部队的方向。总之，不知道跑了多久，我突然发现身边居然一个人都没有了。

后来我才知道其实当时的我并没有跑出很远，因为古南村四面都是山和树林，在那种混乱的局面下完全分不清方向的我，其实一直在周围打转罢了。

天色像逐渐落下的黑色幕布一般黯淡下来，目力所及的范围内,到处都是高大的树木,我完全不知道这是什么地方,只能从周围的环境大致判断出自己处在一个山谷里。可怕的寂静包裹着我,唯有偶然吹过的风阴冷地号叫着,时不时还能听到风卷过树叶的沙沙声,仿佛一只潜伏在黑暗之中的野兽,正在打磨尖利的獠牙,等待着猎物的到来。

恐惧逐渐袭上了我的心头,想到平时的这个时间我一定和父母还有两个姐姐躺在凉席上乘凉,一家人有说有笑地聊着天,我的眼泪就止不住地从眼眶里向外涌。我的二姐和大姐性格截然相反,活泼好动,又留着一头短发,活像一个假小子。记得二姐常说:"长大以后一定要离开这个破村子,去山那边的城市里看看。"这时大姐总是不置可否地在一旁笑着说:"城市里有什么好,我觉得这样的日子也挺好的,虽然辛苦了点,但也平平静静,安安稳稳的,城市里肯定很危险。"

我的眼前浮现出大姐和二姐的脸,她们一个温柔一个活泼,对我都非常呵护,可如今却已和我天人永隔。想到这里,悲伤像决堤的河水一般汹涌而来,我一屁股跌坐在地上,靠着一棵大树哇哇大哭起来。

不知道哭了多久,又累又饿的我竟在不知不觉中睡着了。第二天天亮以后,我拖着疲倦的身体,茫然地在这山谷中走着。眼前是无尽的绿色,我也不知道自己要去哪里,心里想着能走一会儿是一会儿,实在走不动了就躺下等死算了,反正失去了父母和姐姐的我,自己活着也没什么意思了。

这样漫无目的地走了很久,我感觉越来越热,抬头一看才发现似火的骄阳正挂在头顶,发出炽热的光芒。

居然已经到正午了,我没想到自己居然已经走了整整一上午。

我的肚子发出咕咕的叫声,这时我才意识到自己已经很久没吃东西了。饥饿感这个东西真的很奇怪，如果你没注意到它，那么它仿佛永远也不会出现，而一旦你的肠胃捕捉到了它，那么它会立马扩大无数倍，仿佛要将肠胃挤碎一般，让你不得不想方设法将它赶走。我焦急地四处张望，想要找找哪里有吃的。这时我才发现，即使在精神上已经没有了活下去的动力，生存的原始本能依然驱使着我的身体继续寻找食物，摄取必需的能量。

突然，我的视野里似乎隐约出现了一个黑点。虽然在周围郁郁葱葱的绿色当中，这黑点十分不起眼，但我的瞳孔还是捕捉到了它。我揉了揉眼睛，聚焦于那个黑点，大约十秒钟之后，我才反应过来——那是一栋建筑，一座黑色的房子。

这荒郊野岭居然有房子？

我来不及多想，本能告诉我：有房子就意味着有人，有人就意味着可能有食物！

我顾不得休息，用尽力气迈开脚步，向那栋黑色的建筑跑过去。

随着距离的接近，我逐渐看清了这栋黑色建筑的样子。它的造型十分奇特，从远处看过去，这是一个巨大的黑色圆柱体，仿佛一根黑色的烟囱孤零零地竖在地上，只是它比一般的烟囱要粗许多，也要高很多。我从没见过这种样子的建筑，在我短短十五年的生命里，对房子的印象基本就是古南村里遍布着的土块房，村西头的地主陆老爷家的大宅院是我见过的最大的房子，但也完全没法和眼前这栋黑色的建筑相比。这座建筑完全打破了我对房子的既有认识，它的形状、颜色和大小完全超出了我的认知范围。

突然，一个荒诞的想法进入我的脑海：这是外星人造的吗？

我记得自己在从陆少爷那里借来的一本书上看到过。地球上有一个地方叫埃及，那里有很多名叫"金字塔"的房子，是三千多年前建的，但是那个时候的技术还很不发达，根本不可能建造出那样的房子，所以有很多人说那些"金字塔"是外星人造的。

难道眼前这栋大烟囱一般的建筑也是外星人造的？

不，不，不可能，那本书后面还写道：根本就没有什么外星人，不然为什么到现在也没人真的看见过外星人？

我继续往前走去，距离这座黑色建筑越来越近，慢慢地我看清这座建筑的圆柱形表面上分布着一些面积不大的玻璃窗户。当距离这座建筑只有七八米时，我开始环绕着它慢慢挪动脚步，一边抬着头仔细打量它的黑色外表，一边在心里默数着窗户的数量，直到绕着这座建筑走了整整一圈之后，我终于在心里数清：这座建筑表面一共有十一扇窗户。

这时的我完全被眼前这座建筑的奇特造型给吸引了，以至于暂时忘记了从肚子向大脑传来的饥饿感。

也许这真的是外星人造的，当时我的脑子里充满了这样的想法。

不知呆立了多久，肚子发出的咕咕声越来越响，仿佛在强烈抗议一般，终于将我的思绪拉回了现实：我是来找食物的，管它是不是外星人造的，先看看里面有没有人再说。于是我便低下一直仰着的脑袋，想要再走近一些，看看这座黑色建筑的门在哪里。

然而，此时发生的事情，是我一生都无法忘记的，甚至比父母和姐姐的惨死给我造成的冲击更大。即使现在回想起来，这依然是我这辈子见过的最诡异、最恐怖、印象最深刻的画面。

就在我准备挪动双腿向前之时，视野的上方突然映入了什么东西。我再次抬起头，发现在位于我上方的一扇窗户后面，出现了一个人影。

因为距离不远，我立马看清那是一个瘦削的女孩的身影，女孩低着头，一头黑色的长发杂乱地向前披散着，几乎将整张脸都给遮住了。因为窗户不大，我只能看到女孩肩膀以上的部分，于是我努力地踮起脚尖，想要看清这个女孩的身子。然而就在这时，我突然发现这扇窗户斜上方的另一扇窗户后面也出现了一个女孩。她和刚刚那个女孩一样，身形瘦弱，披散着头发，几乎挡住了整张脸。

我的双脚仿佛不听使唤一般，不由自主地又绕着黑色建筑挪动起来。随着脚步逐渐移动，我的视线里出现了越来越多的女孩，直到差不多又绕着黑色建筑走了一圈，我才发现这些窗户当中至少有六七扇，后面都出现了披散着头发的女孩。

我吓得一屁股跌坐在地上，只是目光却被这些突然出现的女孩牢牢吸引住了，完全无法移开。

然而下一秒，更加不可思议的事情发生了。

伴随着一阵阵"咚""咚"的声音，那些女孩突然像发疯了一样，用脑袋猛烈地撞击着面前的玻璃窗户，没过一会儿，玻璃上便出现了红色的痕迹，我知道那是从女孩头上流下来的鲜血。随着女孩们剧烈的撞击，窗户上的血迹也越来越多，浓稠的鲜血沿着玻璃窗表面慢慢地滑落，在窗户上留下一道道红色的线条。尽管如此，女孩们似乎完全没有感觉到疼痛，反而逐渐加大了撞击的力度。不知过了多长时间，那些窗户上竟然出现了细小的裂痕,慢慢地裂痕逐渐像蜘蛛网一般扩散开来,越来越大。终于,随着不断响起的"砰砰"声,那些玻璃窗户接连开始碎裂,而那些沾满暗红色鲜血的碎玻璃渣就像无数红色的珠子一样唰唰落了下来,噼里啪啦地砸在地上。

此时我的脑袋已经完全被惊讶和恐惧占满,然而更加令我意想不到的事情发生了:那些女孩竟然一个接一个,让自己的身体钻过这些没有了玻璃作为阻隔的窗户,朝地面跳了下来!

这时我才看清,这些女孩都穿着白色的连衣裙,只是她们的身体都十分瘦弱单薄,以至于白色的连衣裙像宽大的床单一样罩在她们的身体上。然而,这时的我早已没心思关注这些,因为眼前的画面实在太过震撼。

伴随着此起彼伏的剧烈撞击声和骨头碎裂声,那些从较高的窗户里跳下来的女孩在身体碰触到地面的那一刻,便顿时"血花"四溅,化作一摊肉泥。而从相对较低的房间里跳下来的女孩因为受到的冲击力要稍小一些,有的身体在撞击地面后并没有立马散架,而是在不断抽搐着。

在离我的脚不到一米处的地面上,就是这样一位女孩。她的四肢已经完全扭曲成了奇怪的角度,骨头连续发出"咯咯"的折断声,透过她的皮肤传到我的耳中。鲜血从全身各处往外涌出,将白色的连衣裙染成了红色,但她的身体还在不断地抽搐和颤抖,似乎仍留有最后一口生气。

极度的恐惧使我的嘴张到了最大,我想大声地喊出来,然而喉咙却像被什么东西卡住一般,完全无法发出声音。

地狱!我的脑海里立马冒出了这个词!在这长满杂草的土地上,突然出现了一群少女的尸体——不,或许应该叫红色的肉块。它们和绿色的杂草、黄色的大地、白色的连衣裙还有黑色的建筑，共同编织成了一幅地狱般的光景！

我眼前的女孩身体还在不断抽搐着，却努力地想要抬起头，在挣扎了很久之后，她的脸终于以接近竖直的状态朝向了我。

那是一张血肉模糊的脸，虽然脸上布满血污和泥土，但我依然能够看到少女清亮明澈的眼眸。

只是，那眼眸深处分明写满了哀怨和解脱。

更令我没想到的是，少女看到我之后，那已经完全被鲜血浸染成暗红色的嘴唇竟然微微扬起。

她在笑！

这笑意配上那还在不停向外涌出鲜血的五官，显得诡异至极。

我再也按捺不住，突然爆发的本能驱使着我冲破了喉咙的阻碍，发出一声撕心裂肺的大叫。叫声在山谷里反复回响着，过了许久还没平息。

我费了很大力气才缓缓站了起来，然后强行迈开还在发抖的双腿，不顾一切地转身跑去，想要逃离眼前的人间地狱……

第一章　邀　约

九月十二日下午三点，天涯大学男生宿舍。

因为下午没课，宋立学吃完午饭后便在宿舍里悠闲地睡了个午觉，醒来后他没有下床，而是拿起一本放在床头的书读了起来。

这是一本J国科学家写的有关人类大脑和意识的研究著作，里面介绍了许多世界最新的神经科学和生物物理学的研究进展，书里提到很多看起来只有科幻小说中才会出现的技术，如：记忆录像、心灵感应、梦境遥控等，都已经在实验室中得到实现。作者甚至设想说，有一天，我们会研发出一种可以提升智商和思维能力的"智力药片"，吃完就能让自己迅速变得聪明。到那时我们人类还能够根据神经元的排列顺序将自己的大脑上传到计算机，然后把思想和情感通过"大脑联网"传到世界各地，从而用心灵控制计算机和机器人，把自己的意识传递到整个宇宙，最终甚至可以挑战死亡对人类身体的限制，让意识永生。

——也许到那时，人就变成了神。

宋立学是天涯大学哲学系的学生，从小就对哲学十分痴迷，在他看来，哲学是通往宇宙终极真理的唯一道路。然而，在进入天涯大学哲学系后，随着对古今世界上各种哲学思想的深入学习，他逐渐陷入了迷茫之中，因为他发现自己有许多问题没有办法在哲学中找到答案。

就在这时，他认识了一个名叫孙小玲的女孩。

大约一年前，一次偶然的机会，宋立学在一艘名叫"岛田号"的豪华游轮的甲板上遇到了这个当时还是高中生的女孩。随后他们突然从海上捞起了一个玻璃瓶，瓶子里塞了几张揉在一起的纸。宋立学没想到纸上记载了一起连环杀人案：在一个名叫"云雷岛"的神秘小岛上，发生了一系列恐怖的杀人事件。让人费解的是，这些杀人事件全都是密室之类的不可能犯罪，不仅如此，每一起案件死者的被害方式都分别与一种五行元素有关，也就是说凶手是按照五行顺序来杀人的。宋立学看了纸上的记载，吓得两腿发软，本想立刻报警，但接下来发生的事情却让他一辈子都无法忘记：这个名叫孙小玲的女孩仅仅通过装在瓶子里的这几张纸上面记载的内容，便推理出了"五行连环杀人事件"的所有诡计和凶手，让宋立学不得不佩服得五体投地。

后来宋立学才知道，这个女孩是N国著名的物理学家孙玉东的女儿。虽然她当时还在读高中，却已经自学完了大学本科阶段的所有物理课程，可以说完美地继承了父亲在科学领域的天赋。

从那以后，宋立学便和孙小玲渐渐熟络了起来。在孙小玲的影响下，宋立学的观念逐渐产生了动摇，之前的他一直认为哲学里面潜藏着世界的终极真理，所以他早早地立下目标要穷尽自己一生的时间去研究哲学，要从哲学中找到所谓的"终极理论"。

但孙小玲却是一个不折不扣的自然科学至上主义者，认为宇宙万物的答案一定会在未来的某天由物理学家揭开，恰巧此时的宋立学正陷入对哲学的迷惘之中，也想试一试跳出原有的知识体系和思维框架，看看在其他领域里能不能得到什么新的认知和启发。就这样，宋立学也渐渐地开始对自然科学有了兴趣。

孙小玲经常挂在嘴边的一个词是"LQG"，说什么这是她认为目前最有希望统一广义相对论和量子力学的理论，也是目前最有可能解释世间所有自然法则的大一统理论。但宋立学并不这么看，他觉得那都是非生物层面的东西，即使LQG理论可以将引力量子化，可以解释那些乱七八糟的什么费米子和玻色子的起源，可以解释时间与空间的本质，也无法解释人类的意识是如何产生的。

宋立学始终觉得宇宙的永恒真理就藏在人类大脑的最深处。古往今来，那些最为深邃的哲学思想也是在那些最优秀的哲学家们的大脑中生成的。他意识到自己一直以来都只是在这些哲学理论本身之中寻找宇宙的终极真理，却忽略了孕育出这些哲学理论的物质实体和容器本身——人类的大脑，所以才会一直寻寻觅觅却一无所获。

因此，宋立学这段时间对人类大脑的构造以及大脑如何产生意识等问题产生了浓厚的兴趣，于是他去图书馆借了很多这方面的书籍，一有空就躺在床上研读。

正当他读到"心灵能被控制吗"这一章时，手机的震动将他的思绪从书中光怪陆离的大脑实验拉回现实世界，宋立学拿起手机，屏幕上显示着短短几个字：半个小时后，老地方见。

* * *

宋立学坐下来的时候，孙小玲正一边喝着咖啡一边看着手里的书。

"哇，"孙小玲似乎被吓了一跳，噘嘴道，"你这个人，怎么招呼也不打一下就一声不响地坐下来了。"

"我，我看你在看书，怕打扰到你。"宋立学生怕对方生气，赶忙解释道。

"哈哈，你看你这呆样儿。"孙小玲把手里的书放到桌上，开口道，"你想喝点什么？"

"卡布奇诺吧。"

"好，服务员，再加一杯卡布奇诺，要热的。"孙小玲说着，转过头对宋立学嫣然一笑，"我知道你肠胃不好，即使是夏天也不喝冷的。"

宋立学不敢直视孙小玲的脸，只好微微移开视线，瞟了一眼孙小玲放在桌上的书，是卡尔纳普的逻辑哲学名作《世界的逻辑构造》。

这是天涯市徐虹区一座名叫 proton kinoun 的咖啡馆，自从去年在"岛田号"游轮上结识以后，孙小玲经常会约宋立学来这家咖啡馆跟她讨论有关哲学和科学的话题。此时的孙小玲已经进入天涯大学物理系，成了一名大一的学生，而宋立学也升入大四，即将面临毕业的窘境。

这家咖啡馆面积不大，但装修很别致，颇有些新古典主义的味道，虽然开在闹市区，但平时人不多，环境也相当雅致。孙小玲似乎特别喜欢这家咖啡馆，虽然这附近有很多精致的咖啡店，但每次她都指定要来这一家。宋立学倒是无所谓，反正这个咖啡馆离天涯大学不远，走个十分钟左右就到了。

今天的孙小玲穿了一件水蓝色的雪纺衬衫和一条白色纱裙，一头黑色长发用蝴蝶结发夹扎了个马尾，倒是显得十分俏皮。她托着下巴，微微歪着头，吸着咖啡，一双大眼睛扑闪扑闪地盯着宋立学。

"那，那个，你今天找我来干吗？"宋立学被她盯得有些不自在，"不会是想和我讨论卡尔纳普吧？你知道的，我对分析哲学不是很在行。"

"嘿嘿，我知道你的分析哲学不行，可能还不如我呢，毕竟你的数理逻辑学得一塌糊涂。"孙小玲揶揄道。

"你不会就是特意约我过来挖苦我的吧？"宋立学没好气地说道。

"别生气嘛，今天约你出来不是为了讨论学术问题，而是想请你帮个忙。"孙小玲的神色突然变得严肃起来。

"帮忙？"宋立学微微一愣，自从认识孙小玲以来，她还从来没有让自己帮过忙。

"嗯，我想请你和我一起去参加一个宴会。"

"什么宴会？"宋立学好奇地问。

"你听说过青云集团吗？"孙小玲的嘴里突然蹦出了一个新名词。

"青云集团？就是那个有名的青云医疗集团？"

"没错。简单来说，下个星期，青云集团的千金沈亦心小姐要过生日，沈家邀请了我爸爸和我过去，但是我爸爸下个星期要去F国参加一个学术会议，没办法过去。如果只有我一个人过去的话他又不放心，于是他提议说让你陪我一起去。"

"什么？让我陪你去就放心了？"宋立学一时有点摸不着头脑。

"毕竟你是个书呆子嘛，我爸爸对你可放心了哈哈哈。"孙小玲一边说着一边笑出声来。

宋立学一时搞不懂对方是褒是贬，只能转移话题道："青云集团的千金过生日为什么要邀请你和你爸爸？青云集团和你们家有什么关系吗？"

"这个说来话长，我也不是很清楚。据说很多年以前青云集团的创始人沈青云在一次会议上偶然认识了我爸爸，那个时候青云集团正处在新药开发的关键阶段，但是始终无法突破技术上的瓶颈，是我爸爸提出的一种新方法帮助那边的研发人员突破了限制，从而成功研制出了维列克。"

听到这里，宋立学想起了在报纸上读过的有关青云集团的信息。

青云集团由沈青云在三十多年前一手创办，早期以研发日常药物为主，随着公司的发展，逐渐转向抗癌药物等高端药物的研发。十年前，因为成功研发出了可以有效延长慢粒白血病人生命的药物维列克，获得了巨大收益，青云集团一跃成为N国第二大的制药公司，仅次于明德集团。后来，沈青云的野心甚至已经不满足于制药领域，于是转而涉足医疗行业的方方面面，近几年，青云集团一直在疯狂扩张医疗设备和医疗器械方面的业务。本来他们有望一举超越明德集团成为医疗行业的绝对霸主，但五年前青云集团突然被媒体曝出制造的心脏支架品质低劣，有严重的质量问题，尽管发布了紧急声明澄清此事，但青云集团的声誉还是受到了不小的影响，失去了超越明德集团的好机会。

而且祸不单行，沈青云三年前在一次车祸中失去了两只胳膊，从此隐居幕后，将公司交给了下属，自己则彻底从大众视野中消失了。没有人知道他去了哪儿，但有传闻说青云集团的最高决策权仍然掌控在沈青云的手中。

"没想到维列克的研发成功居然和你父亲有关。可是你父亲不是物理学家吗，怎么对于药物开发也有研究？"

"我爸爸懂的领域可太多了，物理也只是他的一个爱好而已嘛。"

"爱好，这……"宋立学一时语塞，他当然知道孙小玲在开玩笑，光凭爱好是不可能在某个科学领域做出巨大成就的。

"说到底知识都是相通的，关键是思维的能力，如果具备融会贯通的思维能力，不管学习什么领域都会非常快的。"孙小玲意有所指地说道。

"确实，我最近在学习上也有这样的感受。"宋立学点点头，"不说这个了，说回青云集团吧，按你说的，你爸爸对于青云集团可以说是大恩人了，怪不得会邀请你们去参加生日晚会。"

"是啊，据说沈青云一直都很感激我爸爸，经常有事没事就邀请我爸爸，只不过我爸爸太忙了，对于商业活动也没兴趣，所以一般都找借口推托了。"孙小玲突然眉头一皱，眼神凌厉地盯着宋立学，"所以，这次你到底陪不陪我去？"

"这……"宋立学有些犹豫。

"你最近有空吧？"孙小玲逼问道。

"嗯，暂时没啥安排。你知道的，我这人除了读书也没啥爱好，所以一般情况下都有空。"

"那不就行了。"

"可是我陪你去的话，到时候怎么跟沈家的人解释呢？"

"这个你放心，我爸爸已经和那边打过招呼了，说他去不了，但是会让他女儿和朋友一起过来。"

"好吧，那我答应你。"宋立学有点无奈地点点头。

"喂，你这人，跟着本姑娘一起见见世面有什么不情愿的，还一脸嫌弃的样子。"孙小玲说着，从放在她身旁的女士手包里掏出了一个小盒子，接着开口道，"这次我爸爸让你陪我一起去，不只是为了保护我的安全，也是为了保护这个东西的安全。"

"这是什么？"宋立学睁大眼睛盯着眼前这个黑色的小盒子。盒子上印有一个十字星的logo，打开之后，里面是一块闪烁着银色光芒的女士手表，造型十分精致优美，即使是对手表毫无研究的宋立学也能看出这块表价值不菲。

"这是我爸爸准备送给沈小姐的生日礼物，这可是他特意托朋友从瑞士买的高级纯手工机械表。要是弄丢了，就是一百个你也赔不起。"

"哇，你可别吓我，我现在已经慌得不行了，万一路上跑出个强盗把这块表抢走了，我这辈子就算彻底完了。"

"哈哈哈，没想到你这个人胆子居然这么小，还真是不经吓。"说着，孙小玲拿起桌上的咖啡一饮而尽，"时间不早了，我们走吧，后天下午三点在天涯大学北门见哦，到时候会有人来接你的。"

"对了，话说这次我们要去哪里参加这个生日宴会啊，远吗？"宋立学也站起身，把手中早已凉掉的咖啡一饮而尽。

"我也没去过，听说是一个叫古南村的小村子，在天涯市的郊区，开车要两个多小时吧。"孙小玲的嘴里吐出一个陌生的地名。

第二章 村　庄

九月十四日下午三点,天涯大学北校门。

宋立学看见一辆黑色轿车停在校门右侧的花坛旁。一名身穿制服,手上戴着白手套的中年男子站在车旁,朝天涯大学的校门口张望着。在看见宋立学之后,中年男子打开车门,微微弯腰,做出"请上车"的姿势。

宋立学知道这是孙小玲家的司机潘海龙,微微点头示意后,他便钻进了车的后座。

潘海龙看起来大约四十岁,个子很高,身材笔挺,皮肤黝黑,浓眉大眼,下巴方正,岁月在他的额头上留下了几道深深的刻印,但却让他显得更加威严和可靠。

孙小玲比宋立学来得早,已经坐在了轿车后座的另一端,看上去十分娇弱瘦削。她穿着一件鹅黄色的polo衫和深蓝色的牛仔裤,脚下是一双白色的平底鞋,头发没有扎成马尾,而是随意地散开披到肩上,和平时的她相比倒是别有一番韵味。

轿车发动后没多久,潘海龙突然开口问道:"你们真的要去古南村吗?"

"是啊。"孙小玲点点头,起身从副驾驶座上拿过来一张地图,用手指着地图上天涯市市区西边的某个位置说,"这次晚宴的地点有些奇怪,沈家的人说在天涯市西郊一个名叫古南村的小村子附近，还给我家寄了一张地图，就是这张。你看，这个标了红点的地方就是古南村，但奇怪的是这个村子在标准的地图上并没有正式标注，而且我上网搜索了一下，有关这个村子的信息也非常少，很可能是个无人居住的荒村，不知道沈家为什么要把晚宴的地点选在这种地方。总之，潘叔你照着地图开就行，沈家那边说会派人在古南村村口守着，下车之后会有人接我们的。"

"那个村子，现在估计已经没多少人知道了。"潘海龙的语气十分沉稳。

"哦，是吗？原来潘叔你知道这个村子？"孙小玲好奇地问道。

"说来话长，我当兵的时候，有一个战友的父亲就是从古南村逃难出来的。"

"逃难？"

"还记得七十多年前，N国和J国的那场战争吗？我听他说，那场战争中，J国的轰炸机基本上把古南村夷为平地了。"

关于N国和J国之间的战争，因为距今已经过去七十多年，宋立学当然没有经历过，但从小他就听家里的老人们说过很多有关那场战争的故事，只是他没有想到今天潘海龙会在车里突然提到这个。

"但是现在已经过了七十多年了，这都二十一世纪了，村子应该早就恢复了吧。"

"不，据说那里到现在也还是个荒村，没有人烟。"

"为什么？"

"你想啊，当年N国和J国打仗的时候，J国的轰炸机为什么要轰炸古南村这样一个名不见经传的小村子？"

"这，应该就是大面积地随机轰炸吧。"

"不，你想想，天涯市是N国的第一大城市，如果只是大面积随机轰炸的话，没理由不炸天涯市的市区，反而去炸一个只有几十户人家的小山村。"

"什么？天涯市的市区没有遭到轰炸吗？"

"确实没有，关于这点我也很好奇。"一旁的孙小玲点点头，"自从听说了古南村这个地方之后，我特意上网查了资料，不过相关资料很少，我查到的也很有限。只知道这是一个三面环山的村子，东、西、北三面都被山给包围了，只有南面有一条小路可以通往外界。七十多年前，古南村只有三十多户人家，人口不到两百人，因为交通非常不便，古南村一向信息闭塞，里面的村民基本上和外界没有什么沟通，大部分的村民都是一辈子面朝黄土背朝天的农民。然而，就是这样一个几乎与世隔绝的小村子，在七十多年前的那场战争中，却遭到了J国轰炸机的狂轰滥炸。于是我又去查了和天涯市相关的资料，奇怪的是整个天涯市辖区内，除了那个古南村一带遭到了轰炸以外，其余地方包括市区都没有遭到轰炸，天涯市也因此逃过一劫，从战后到今天一直保持着N国第一大城市的地位。"

"奇怪，为什么J国放着天涯市这么繁华的市区不炸，要特意去轰炸这样一个名不见经传的小村子呢？"

"没人知道原因，但自从那次轰炸之后，再也没有人敢去古南村，政府也懒得管，所以听说那里直到现在还是个荒村。周围的村民纷纷传说古南村的风水有问题，说是古南村所在的位置恰好位于地底龙脉的咽喉之上，而古南村的地形恰好掐断了龙脉的脖子，触怒了龙神，整个村子都遭到了龙神的诅咒，所以才会被炸得这么惨。"潘海龙一边踩下油门一边幽幽地说道。

"风水？"宋立学笑着说，"这都什么年代了，怎么还有人相信这些怪力乱神的东西。"

潘海龙的声音突然变得低沉："我从我那战友口中听说，五年前的一天半夜，他父亲突然从床上站了起来，嘴里一边念叨着什么'有人跳楼啦''好多女孩子跳楼了'，一边咧着嘴'咯咯'地笑，整个人的表情在黯淡的月光下显得诡异至极，把他和他母亲吓坏了。"

"什么？"

"你知道接下来发生了什么吗？他父亲突然像疯了一般，从床上跳下来，朝房间的窗户猛冲过去，'砰'的一声，窗玻璃被撞得粉碎，他父亲就这样从窗户跳了出去。"

坐在车后排的宋立学和孙小玲此时已经惊讶得说不出话来。

潘海龙则接着说道："我那个战友家住二十楼，所以他父亲当场就摔得粉身碎骨。"

"这，这到底是怎么回事？"

"不清楚，传言说是因为龙神的诅咒显灵了，身为古南村的村民，即使侥幸从当年的轰炸中逃过一劫，也终究逃不过龙神的诅咒。"

"这也太玄乎了吧？如果是诅咒的话，为什么过了这么多年才起作用？我还是不相信这些神神鬼鬼的东西。"宋立学摇摇头，然后转向孙小玲，"你觉得呢？"

"我不清楚，光凭潘叔的讲述我没法得出结论。"孙小玲开口道，"我也不相信什么诅咒，不过你没必要看不起这些神神鬼鬼的东西，要知道巫术和迷信可以说是科学的源头哦。"

"这倒也是。"宋立学点点头。

"看来这个古南村不简单啊，我倒是越来越期待这场生日宴会了呢。"孙小玲望着车窗的外面，缓缓说道。

从繁华的市区一路往西，路两旁的景色由满眼的高楼大厦渐渐变成了郁郁葱葱的茂密树林，路上的车越来越少，潘海龙的驾驶速度也逐渐变快。不知过了多久，轿车行驶的道路已经从宽阔的大马路变成了弯弯曲曲的乡间小路，周围也再见不到其他的车影和人影。行驶了两个多小时以后，黑色轿车停了下来。

"我们已经开到这条路的尽头了，这里应该就是地图上标记的地点了。"潘海龙看了看手里的地图说道。

宋立学跳下车，眼前出现的是一块面积不大的空地，停着好几辆轿车。在空地旁边是一片低矮的灌木林，灌木林当中有一条歪歪曲曲的泥土小路，明显是人踩出来的。小路两旁杂草丛生，看上去似乎已经很长时间没有人走过了。

"咦，好多泥巴啊。"孙小玲下车后看了看眼前的小路，又看了看脚下的白鞋，抱怨了一句。

的确，小路上满是黑黑的泥巴，显得十分泥泞，应该是不久前才下过雨。然而宋立学的目光却被站在路边的一个女孩牢牢地吸引住了。

女孩穿着一身宽大的黑色女仆装，但依然可以看出她修长纤细的身材。她年纪不大，看上去不过二十出头的样子，留着一头短发，显得清爽有活力，圆圆的脸蛋上化了淡淡的妆，又为她增添了几分妩媚。

"您好，请问二位是宋立学先生和孙小玲小姐吗？"穿女仆装的女孩走到宋立学和孙小玲的面前，用温柔的声音礼貌地问道。

"是，是的。"宋立学没想到对方的语气这么恭敬，不免有些紧张。

"我是沈家的女佣许婷婷，二位接下来请跟我走。"名叫许婷婷的沈家女佣转过身，沿着树林里的那条小路往前走去。

孙小玲转过头对潘海龙说道:"辛苦你了潘叔,你先回去吧,等我们要回去的时候再和你联系。"

潘海龙微微点了点头,便钻进轿车,调转车身,沿着来时的路返回了。

宋立学和孙小玲跟在许婷婷身后,沿着泥泞的小路一起走进了灌木丛。孙小玲一直走得十分小心,生怕踩到泥巴,弄脏了白色的鞋子。

大约走了二十分钟,三个人终于走出了灌木林,宋立学的眼前出现了一片荒凉破败的断壁残垣。

疯狂生长的杂草、龟裂的田地、残缺的土墙和长满苔藓的台阶,一切都显得死气沉沉。

他知道这荒无人烟的村庄一定就是古南村了。

"现在是下午五点半,我们是下午三点左右出发的,也就是说我们从天涯大学到古南村一共花了两个半小时。"宋立学掏出手机,看了一眼现在的时间。说着,他突然脸色一变。"咦,这里没有信号。"

孙小玲闻言,也从手包里拿出手机,看着屏幕右上角的小图标,摇了摇头道:"确实没有信号。"

一直走在前面带路的许婷婷转过身道:"古南村荒无人烟,到现在还没修信号发射塔,所以手机在这里没有什么用。不过,刚刚你们下车的地方是有信号的,如果要打电话的话,得走到这个灌木林外面才行哦。"

"那如果明天我给潘叔打电话让他来接我的话,还要走到刚刚下车的地方吗?"

"对的。"

"外面停着的那些车也是参加沈小姐生日晚宴的客人开来的吗？"宋立学突然想起在灌木林外看到的那些轿车，便开口问道。

"没错，宋先生和孙小姐是最晚到的两位客人哦。"许婷婷的声音轻柔中还带着几丝俏皮。

宋立学和孙小玲跟在许婷婷身后，在古南村的废墟和田埂上左弯右绕，但宋立学根据太阳的方向还是能大致判断出，他们大体上是在朝北边走。

突然，孙小玲从手包里拿出一张餐巾纸，垫在路边一个精致的小房子的房顶上，然后一屁股坐了上去，抱怨道："还要走多久啊，我实在走不动了。"

"那东西不能坐的，快起来。"许婷婷转过头，大声喊道，"那个房子是埋死人的。"

"啊？"孙小玲"腾"地一下，像弹簧一样站了起来。

在这些长满杂草的田地和破败的断壁残垣之间，有很多这种不到一米高的小房子。这些小房子顶部是绿色的琉璃瓦，四周的墙壁上则贴满了白色的瓷砖，有些部分还涂上了红褐色的油漆，表示房子的门和窗，看上去有模有样。

"这种小房子是用来装死人的，说白了就是坟墓。"许婷婷恢复了平静的语气，"七十多年前，古南村被J国的轰炸机炸成了废墟，当时没有来得及逃难的村民全都被炸弹炸死了，这些村民的尸体，都在这些小房子里。"

"可这些小房子又是谁建造的？"

"我听说政府在那场战争之后就没有管过古南村了,所以应该是民间有人出资修建了这些坟墓,将死者就地安放在里面了。"

"你是说,这些小房子所在的地方就是七十多年前古南村的村民被炸死的地方?"孙小玲的声音越来越微弱,甚至有些轻轻颤动。

"没错。"

一想到脚下这块土地曾经死过这么多人,宋立学也不禁倒吸了一口凉气。

"我们还是快点走吧,这里让我觉得瘆得慌。"刚刚还吵着走不动了的孙小玲此时却加快了脚步,走到宋立学的前面。

三人又走了大约十几分钟,眼看着太阳一点一点地朝山头落下,眼前突然出现了一座吊桥,吊桥悬跨在断崖之上,而他们脚下的路因为断崖的阻隔已经到了尽头。

"这里怎么会有吊桥呢?"宋立学第一次见到这样的吊桥,好奇地问道。

"为了方便,如果不走这座吊桥的话,就要绕很大一圈,走一晚上的山路才能到对面。"许婷婷的声音悠悠地回荡在山谷之中。

因为断崖不宽,大概只有七八米,所以吊桥也不算长,但一想到脚下是万丈悬崖,宋立学的心里不免还是有些发慌。而且眼前这座吊桥看上去十分老旧,风掠过的时候会微微摇晃,发出"咯吱""咯吱"的响声,更让人觉得胆寒。

刚刚还喊着快点走的孙小玲此时又缩到了宋立学的后面,她紧紧地用手握住宋立学的胳膊,双腿似乎在微微颤抖着:"许小姐，我们还是绕山路过去吧。"

"这山里到处都是凶猛的野兽，可比这座吊桥恐怖多了。"

"这……"孙小玲一副要哭出来的表情。

"没事的，这桥很结实，我先走一遍你们就放心了。"说着，许婷婷伸出左脚，踩到吊桥的木板上，然后伸出右手抓住右边的绳索护栏，将右脚也放到了吊桥上，接着她慢慢地迈开步伐，朝吊桥的另一端走去。

随着许婷婷的走动，吊桥不断地发出"咯吱""咯吱"的响声，让人听得心慌，但许婷婷还是很顺利地通过了吊桥，到达了对岸。

宋立学见状，虽然多少还是有些害怕，但总归放心了很多，他转过头对一旁的孙小玲说道："你先过去吧，我殿后。"

"我，我还是有点害怕。"孙小玲低着头，两颊微微有些发红，"我俩一起过去吧，万一，万一有什么事，还能互相有个照应。"

宋立学突然觉得有些好笑，眼前这个女孩冰雪聪明，平时也总是一副伶俐傲娇、天不怕地不怕的模样，没想到这么胆小。当然，他可不敢把心里的想法表达出来。

"好吧。"宋立学点点头，"你先上去，我跟在你身后。"

孙小玲看了看悬崖对面的许婷婷，似乎下了很大的决心，才终于迈开腿，走上了吊桥。

通过吊桥后，宋立学发现吊桥这端的土地是一片茂密的树林，这里的树普遍要比古南村入口处的灌木丛高，应该属于乔木类。

"晚宴地点就在这片树林里,我们马上就到了。"许婷婷引导着宋立学和孙小玲走进了树林。

"树林里?难道是露天的吗?"宋立学和孙小玲同时发出了疑问。

"待会儿你们就知道了。"许婷婷微微一笑。

没走多久,宋立学突然发现,在一片茂密浓郁的翠绿之中,突然出现了一抹黑色。

他揉揉眼睛,仔细朝那团黑色望去,终于看清楚那是一座建筑,一座高大的黑色建筑。由于附近绿色枝叶的层层掩盖,那建筑虽然高大,却十分不显眼。

随着三人离那座黑色建筑越来越近,宋立学逐渐看清了它的全貌。

这是一座黑色的高塔式建筑,几乎呈一个完美的圆柱体,只有顶部微微向四周凸出。宋立学在心里估测了一下,塔的高度应该有四十多米,而作为一个圆柱体,它的横截面的直径则在八米左右。

在这个黑色的高塔式建筑旁边,有一幢漂亮的白色平房。平房占地面积很大,但在黑色高塔旁边则显得十分低矮,看上去应该只有一层楼的高度。两座建筑一高一矮,一瘦一胖,一黑一白,视觉上的对比倒是十分强烈。

"那栋圆柱形的黑色建筑叫螺旋塔,是你们今晚住的地方,而这栋白色的平房叫螺旋庄,也就是这次晚宴的地点。"许婷婷对两人解释道。

第三章　晚　宴

没一会儿，宋立学和孙小玲跟着许婷婷来到了白色平房的门口，许婷婷推开那扇欧式风格的金色双开大门，微微弯腰道："二位请进。"

走进大门，映入宋立学眼帘的是一个看上去十分奢华的大厅。大厅空间宽阔，四周的墙壁上装饰着纷繁华丽的图案，地面上铺着柔软的红色地毯，而最引人注意的当然还是天花板上挂着的水晶吊灯，白色的灯光从造型优美的吊灯上折射出来，让整个房间的环境显得十分柔和舒适。大厅的中央摆着一个不知道是玻璃还是水晶做的透明的长方形大桌子，上面摆满了各式各样的菜肴和水果。大厅的一侧有一扇门通往另一个房间，一个和许婷婷穿着同款女仆装的中年女人正端着一个盛有蔬菜沙拉的碟子从门那边走出来，宋立学心里估计那应该是个厨房。

而大厅另一侧则放着几个浅灰色的沙发，被沙发围在中间的是一个原木色的茶几，几个穿着精致的男女坐在沙发上，正有说有笑。

许婷婷径直走到其中一个女孩的身旁，在女孩耳边低语了几句，女孩随即转过头，将目光投向了宋立学这边。一丝惊讶的表情从女孩的脸上闪过，但转瞬便化作了温柔的笑容。

女孩站起身，朝宋立学走过来。宋立学这才看清，女孩留着一头公主卷的长发，发尖的部分稍稍染成了棕色。她的皮肤很白，脸上化着精致的妆容，配上立体的五官，看上去清秀美丽，楚楚动人。女孩身上穿的是一件白色的蕾丝连衣裙，从裙摆下露出的双腿修长而又笔直，脚下则是一双银白色的高跟凉鞋，更衬出她曼妙的身姿和优雅的气质，仿佛一位身份高贵的公主。

"两位就是孙小玲小姐和宋立学先生吗？"女孩带着甜美的笑容，彬彬有礼地问。

"是，是的。"孙小玲率先点了点头，面对这位气质高雅的女孩，她似乎也有点心跳加速，甚至说话都有些结巴了。宋立学还是第一次见到孙小玲这么紧张。

女孩望着孙小玲说道："和我想象中的不太一样呢，孙小姐比我想象中的要漂亮太多，老实说我还是第一次见到这么可爱的女孩子，我还以为学物理的女生都很土呢。"说着，女孩又将目光投向宋立学说："宋先生倒是和我想象中的差不多，一看就是个斯文的读书人。"

"谢谢夸奖。"孙小玲回了一个可爱的微笑。宋立学也露出了尴尬而不失礼貌的笑容。

女孩突然面向宋立学，坏笑道："这么可爱的女朋友，你可要好好对她哦。"

"女，女朋友？不是的，我们……只是……"宋立学脸颊发烫，急忙想要解释。他这个人一紧张就会有些结巴，可话还没说完就被眼前的女孩打断了。

"我叫沈亦心，晚宴马上就要开始了，两位现在可以入座了。"

"您，您就是沈亦心小姐吗？"孙小玲开口问道。

"是的，怎么了？"

"没，没什么，您看起来非常年轻，祝您生日快乐。"

"谢谢。"沈亦心礼貌地说，脸上仍然挂着甜美的笑容。

"哦，对了，我父亲让我把这个生日礼物送给您。"说着，孙小玲从口袋里拿出了装着那块女士手表的黑色小盒子，递到沈亦心的手里。

"哇，好漂亮的手表啊。"打开盒子后，沈亦心连连赞叹，同时不忘对孙小玲连声道谢。

"沈小姐喜欢就好。"

"我现在就戴上，正好我也好久没有戴过手表了。"说着，沈亦心伸出修长的手指，从盒子中取出手表，然后将手表戴在了纤细的左手手腕上。

"哇，真的好漂亮。"沈亦心将左手手腕伸到两人面前，一边不住地摇晃着，一边高兴地说，"谢谢你们，也谢谢你父亲，记得回去之后帮我转达我的谢意。"

看到沈亦心这么中意孙小玲父亲的礼物，宋立学心里也长舒了一口气，至少护送礼物的任务算是顺利完成。

"赵管家，你过来一下。"沈亦心朝一个正在摆盘子的中年男子挥了挥手。

被称作赵管家的中年男子，放下手中的盘子，走到沈亦心面前，恭敬地问："小姐，什么事？"

中年男子个子不高，一张国字脸棱角分明，显得十分坚毅。他穿着白色的衬衫，黑色的裤子，脚下是一双棕色的皮鞋，从脸上的皱纹来看，大概有五十岁。

"我来介绍一下，这位是孙玉东教授的女儿孙小玲小姐，这位是她的男朋友宋立学先生。"沈亦心接着又转向宋立学和孙小玲说道，"这位是我们沈家的管家赵永胜，在我们沈家已经做了十年的管家了。"

赵永胜向宋、孙二人微微点头致意，然后说："两位请跟我来，菜肴已经基本上准备好了，可以入座了。"

宋立学和孙小玲跟着赵永胜，走到大厅中央的透明长桌旁，找了个位子坐了下来。桌上摆满了各种各样的美味珍馐，这些菜品种类丰富，各类菜式应有尽有，而且每一个菜品的造型都非常精致，让人看着食欲大增。

宋立学吞了吞口水，今天是他近两年来体力消耗最大的一天，此时的他早已饥肠辘辘，看到这么多美味佳肴，强烈的食欲已经快要冲破喉咙，喷涌而出。当然，在这种场合下，他只能尽量地克制自己的欲望。

宋立学看了看一旁的孙小玲，发现她也是一副想吃但又极力克制着的模样，不禁又觉得好笑。

就在这时，宋立学眼角的余光瞥见那些坐在沙发上的男女们都站起身，朝餐桌走了过来。他们各自坐下后，一位身穿米白色套装的中年女子露出和蔼的笑容，朝沈亦心开口问道："亦心，这位就是孙小玲小姐吗？"

眼前的这个中年女子身材莹润丰满，曲线柔和优美，脸上的皮肤依然紧致饱满，只有眼角的几丝皱纹偷偷地出卖了她的年龄。

"是的，这位就是孙小玲小姐，边上这位是她的男朋友宋立学先生。"沈亦心把刚刚的话又大致重复了一遍，然后转向宋、孙二人，"这是我妈妈林静娴。"

宋立学没料到这位中年女子竟然是沈亦心的母亲，赶紧礼貌地问候道："林阿姨好。"

"宋先生真是一表人才啊，不愧是天涯大学的高材生。"林静娴夸赞着宋立学，语气显得十分诚恳，让人完全分不清是恭维还是真心的称赞。

"啊，都开吃吧，晚宴已经开始了，大家放开手脚尽管吃好了，我们杨姐以前可是五星级饭店的大厨，快尝尝她的手艺如何！"林静娴又对在座的众人招呼道。

听到林静娴这样说，宋立学再也克制不住喷涌而出的食欲，拿起筷子，准备朝一块红烧肉夹去。

"咦，没想到孙小姐的男朋友竟然是个斯斯文文的瘦子，看上去有些弱不禁风啊。"就在这时，一个穿着黑色背心的男人开口道，语气里似乎带着一丝揶揄。这个男人看上去不到三十岁，有一米九左右，而且身材非常健硕，裸露在外的双臂上满是肌肉，不仅如此，男人胸前的肌肉更是将那件黑色的背心撑得满满的，仿佛要将背心撕裂一般。

"我来介绍下，这位是我的高中同学张伟光，高中的时候他就是个健身狂人，现在是一名健身教练。"沈亦心开口介绍道。

"宋先生要不要考虑聘请我做你的私人教练，你这个小身板，也太弱不禁风了吧，以后结了婚可不行啊。"张伟光一边说着，一边不断地瞟着一旁的孙小玲，脸上的表情则显得有些猥琐。

"还，还是不用了，暂时没这方面的需求。"宋立学尴尬地说。

"那孙小姐呢，"张伟光把目光彻底转向孙小玲，"现在女孩子也很流行健身的，不是我吹嘘，整个天涯市再也找不到比我更好的健身教练了，而且女孩子们喜欢的瑜伽之类的我也很擅长。"张伟光笑嘻嘻地说着，还不时举起双臂，展示着自己健硕的肌肉。

"好呀，正好我最近也想试着健健身，练练瑜伽之类的。"

"哇，那一定要记得联系我哦。"张伟光脸上已经乐开了花，一边说着一边从口袋中掏出名片,越过餐桌递给孙小玲,"这是我的名片,不管有事没事都欢迎随时联系我哦。"

宋立学凑过头,看了眼那张黑色的名片,上面写着金魅健身会所金牌健身教练的头衔,张伟光的名字和联系方式,左上角还画了一个老鹰的标志,应该是这家健身会所的 logo。

"哇,孙小姐的手指真好看啊。"孙小玲接过名片的那一刻,张伟光目不转睛地盯着孙小玲的手指,用谄媚的语气说道。

宋立学不知为何心里觉得不爽,他不想让这个猥琐油腻的肌肉男再继续纠缠孙小玲,便想赶紧找个话题将他引开。

突然,他发现这里少了一个人——在座的这群人当中没有沈青云。他曾在网上看过沈青云的照片,和这里的人的面貌都不符合,而且这里除了赵永胜以外,也没有年纪和沈青云相近的男人。

"咦,沈老爷呢,他不来参加晚宴吗?"宋立学说出了心中的疑问。

话音刚落,宋立学就发现气氛变得有些不太对劲,刚刚还有说有笑的众人突然变得安静下来,只见沈亦心缓缓开口道:"我父亲他自从出了车祸,失去了两条手臂之后,就一直把自己关在房间里,几乎不出来见人了。"

——原来如此,原来沈青云车祸之后就一直隐居在这里,怪不得完全从大众视野中销声匿迹了,这鬼地方谁能找得到啊。

宋立学一边想着,一边问道:"那沈老爷的日常生活怎么办?"

"我父亲的日常生活由婷婷专门照顾,平时她会准时把一日三餐送到父亲的房间,也会帮他打扫卫生,整理房间,换洗衣服什么的。"沈亦心说着朝站在一旁的许婷婷望了一眼,许婷婷也微微点头示意。

"可，可是，沈老爷没有双臂的话，会不会不太方便，比如吃饭什么的……"

这时，坐在沈亦心身旁的一个身穿黑色西装，戴着黑框眼镜，看上去三十多岁的男人开口道："哈哈，这个宋先生不用担心，我们青云集团的研发团队在医疗设备领域拥有世界上最新最顶尖的技术，专门为伯父量身定做了两条智能假肢，可以通过语音来操控它们。伯父一直戴着它们，生活和常人其实没有什么区别，包括吃饭什么的，那两条人工假肢甚至可以自由地使用筷子。"

"是啊，青云其实已经完全可以正常生活了，宋先生不必担心。"林静娴在一旁用温和的语气补充道，"只是每天都需要辛苦婷婷把那两条绑在上半身的假肢脱下来清洗和维护一个小时，否则假肢的接受腔与残肢接触的地方很容易滋生细菌，引起炎症。"

"哇，现在的智能制造技术已经这么厉害了吗？"孙小玲突然两眼放光地看向那个身穿黑色西装的男人，"有机会的话请务必跟我说说其中的原理。"

"好的，没想到孙小姐小小年纪会对这些东西感兴趣，有时间欢迎来我们的实验室参观。"

"咳、咳，不好意思，请问这位是？"宋立学打断了男人的话，插嘴问道。

"我是亦心的未婚夫，也是青云集团现在的董事长，我叫李东旭。"男人微笑着说道。

"啊，原来您就是李东旭先生，我在电视上看见过您，一时没想起来，实在不好意思。"宋立学说着，内心突然涌出一丝淡淡的嫉妒之情。眼前的李东旭五官俊朗，是个名副其实的美男子，甚至有点像电视上的明星。不仅如此，才三十多岁就成了青云集团的董事长，未婚妻还是青云集团的千金小姐，这简直是小说里的霸道总裁才拥有的人生。

接下来的晚餐时光在愉快的气氛中进行着，众人边吃边聊，同时不忘给沈亦心这个寿星送上祝福。宋立学已经好久没有一次吃到过这么多美味佳肴了，所以感到十分满足。当然，在享用大餐的过程中，他也没忘记把在场所有人的信息都给弄清楚。

参加晚宴的一共有九个人，其中林静娴是沈亦心的母亲，平时就住在这个螺旋庄旁边的螺旋塔内。李东旭是沈亦心的未婚夫，现在这两人一个是青云集团的董事长，一个是青云集团的总经理，平时都住在天涯市内，但经常会回这里来过周末或者度假，在螺旋塔里两人也有各自的房间。而另外的六个人，则都是第一次被沈亦心邀请到这里来的。除了宋立学和孙小玲，剩下的四个人都是沈亦心的高中同学。

沈亦心就读的是天涯市的一所贵族中学——钱柜中学，这里聚集了天涯市很多的富二代，宋立学的室友马旭光就是从这所中学毕业的。

这四个人当中身材最高大壮硕的肌肉男就是张伟光，他从小就迷恋健身，在钱柜中学读书期间一直担任健身社团的社长，后来进了体校，大学毕业之后借用家里的资源开了一家健身会所，自己既是老板也是教练。

而身材和张伟光形成极端对比的男人则是韩忠宇。竹竿！宋立学看到这个男人的时候，脑海里立马闪现出了这个词。这个男人穿着一件淡蓝色的T恤，T恤不大，但却仿佛两块搭在他身上的帘子一般，看上去空荡荡的，因为这个男人实在瘦得可怕。

韩忠宇戴着一副金边眼镜，方形的镜框后面是一双眼窝深陷的小眼睛，眼睛周围是淡淡的黑眼圈，再配上那苍白的脸色和尖尖的下巴，整个人显得无精打采，一副萎靡不振的样子。从谈话中宋立学得知，韩忠宇原本也是个富二代，但前几年家里的生意遭受了重大打击，导致一夜之间家道中落。当时毫无一技之长的他不得不去某个培训学校学了几个月的编程技术，现在在一家小IT公司做程序员，因为经常加班，让他原本就因为之前花天酒地而有些空虚的身体变得更加虚弱。

坐在韩忠宇旁边的女性名叫吴沁妍，丹凤眼、尖下巴，相貌还算不错，但气色似乎不太好。即使涂了厚厚的粉底，依然能看出她的肤色有些暗沉，而且还有不少像痘痘一样的红点零零散散地分布在她的皮肤上，这一点和坐在她身旁的肤色白皙、光彩照人的沈亦心对比尤为明显。她穿着一身职业套装，上身是一件蕾丝花边的白色女式衬衫，下身是黑色的及膝窄裙，脚上则是一双黑色的漆皮高跟鞋，显得十分干练。从这些人的谈话当中，宋立学得知，吴沁妍的父亲是政府高官，对她的要求也比较严格，所以吴沁妍学习很刻苦，从钱柜中学毕业后就直接去了M国读大学，毕业之后回国在一家顶尖的投资银行工作，目前已是高管的级别。

而坐在吴沁妍对面，也就是孙小玲身边的男人则身穿一身白衣白裤白鞋，这与他的职业相匹配——这个名叫刘卓俊的男人是个医生。在沈亦心邀请的这四个高中同学当中，宋立学对他的印象是最好的，因为刘卓俊看上去是四个人当中说话最斯文最有礼貌的，能看得出他是个性格严谨稳重的人，这和他的年龄不符，但和他的职业气质倒是蛮契合的。据刘卓俊自己说，他家世世代代都是医生，虽然他从小的梦想是当一名建筑师，但最终还是听从家里的安排，从钱柜中学毕业后，去读了医科大学，只是在选专业的时候，他硬是违抗了父亲的要求，没有选择临床医学，而是选择了法医专业。毕业后，他也没有去父亲的医院工作，而是去天涯市的公安部门做了一名法医。

　　除了坐在餐桌旁享用晚宴的九个人以外，在他们身后还站着三个人，一男两女。男的是沈亦心介绍过的赵永胜赵管家，另外两个都是沈家的女佣，其中年轻的小姑娘是带他们过来的许婷婷，另外一个看上去四十多岁的中年妇女名叫杨美琴，也就是沈亦心口中的杨姐。据说她原本是天涯大饭店的主厨，四年前沈亦心在天涯大饭店的一次饭局中，被杨美琴所做料理的美味迷住，于是直接以超高的薪水聘请她来螺旋庄做了女佣兼厨师。而许婷婷则是三年前由李东旭招过来的，当时沈青云因为车祸失去双臂，隐居到螺旋塔，急需有人照顾，这导致杨美琴的工作量太大，必须要再招一个女佣过来帮忙，李东旭便发布了招聘启事。之后李东旭在网上看到了许婷婷投递的简历，便让她过来面试。原来许婷婷五年前失去了父亲，为了维持生计，她到处做兼职打零工，年纪不大却聪明能干，李东旭看她可怜，便答应让她过来试试。没想到许婷婷很快便适应了烦琐又枯燥的女佣工作，做事情清爽利落，脑子也灵活，赵永胜和杨美琴都很喜欢她，这让沈亦心和李东旭都觉得很满意，便留下许婷婷一直在这里做女佣。现在的许婷婷主要负责照顾沈青云的日常起居，包括每天给沈青云送饭，打扫房间，清洗和维护假肢等，同时也会帮杨美琴干一些杂活之类的。

　　晚宴结束后，杨美琴又端上了一个巨大的生日蛋糕，沈亦心许完愿后，亲自将蛋糕切成了九份，由许婷婷递到每个人的手中。

　　"你们知道我刚刚许的是什么愿吗？"众人正享用着美味的

蛋糕时，沈亦心突然开口问道。宋立学注意到，她现在的表情和之前的温柔甜美完全不同，可以说变得有些诡异。

"我猜是早点儿和李先生结婚，然后生个大胖小子！"吴沁妍用半开玩笑的语气抢先说道，似乎并没有注意到沈亦心的表情变化。

沈亦心摇摇头，然后又问道："你们知道我为什么要请你们四个来参加我的生日宴会吗？"

张伟光好奇地问："难道不是因为我们是高中同学吗？"

沈亦心又摇了摇头："没错，我们是高中同学，但也仅仅是高中同学罢了，我们五个人高中的时候也并不是什么要好的朋友，我为什么偏偏要请你们四个来参加晚宴呢？"

此时，在场的人都已经注意到沈亦心的表情和语气变得有些不太对劲。

"亦心，你到底想说什么？"刘卓俊开口问道。

"我再问你们一个问题，你们记得今天是什么日子吗？"沈亦心没有理会刘卓俊，继续问道。

"什么日子，当，当然是你的生日啊，这还用问吗？"吴沁妍开口道。

"哎呀呀，真是一群没良心的人呢。"沈亦心突然发出一声冷笑，"今天确实是我的生日，但也是小恋的忌日呢，你们居然都不记得了。"

"什么？"

宋立学清楚地注意到，在听到"小恋"这个人名之后，张伟光、韩忠宇、吴沁妍和刘卓俊四个人的脸色同时大变。

"我知道你们四个人当中一定有人知道小恋坠楼的真相。"在灯光的映照下，沈亦心的表情显得越发诡异。

宋立学偷偷瞥了一眼坐在身旁的孙小玲，发现她正在专心致志地吃着盘子里的生日蛋糕，似乎完全没注意到现场气氛的变化。

"哈哈，开玩笑的啦！看把你们吓的！"突然，沈亦心的表情又发生了急剧变化，从诡异至极变回了最初的温柔甜美，语气也重新变得开朗活泼起来。

宋立学简直不敢相信眼前的事实，甚至怀疑自己出现了幻觉。

"亦心，你到底怎么了？"吴沁妍满脸惊讶地看着她。

"哎呀哎呀，我就是想回忆一下我们的高中生活嘛。你想想看，当时我们的生活多无聊啊，整天就知道学习，都没什么值得回忆的。现在想想，只有小恋坠楼的事情，算是当时轰动全校的大事情了。"

"唔，你这么一说，好像确实是这样的。"张伟光点了点头。

"巧得很，小恋坠楼的那天正好是我的生日，小恋又是我当时最好的朋友，所以这件事就成了我这么多年来心头的一个大包袱，尤其是每年过生日的时候，我的脑海里都会浮现出小恋那张被鲜血染红的脸，所以我真的很想知道小恋坠楼的真相。这也是我这次请你们四个来的原因。"

"为什么你会觉得我们四个当中有人知道真相？"韩忠宇开口问道。

"小恋是从象棋社的活动室里掉下来的，她手里还握着一枚象棋的棋子。我们学校象棋社的活动室是按照日期轮流借给各个班级使用的，小恋坠楼的那天恰好是我们班使用象棋社活动室的日子。而我们班除了小恋以外，只有你们四个是象棋社的哦。所以当时和小恋一同在象棋社活动室里的，肯定是你们四个。"

"这件事，当时警方不是已经说了是自杀吗？"刘卓俊反问道。

"我不知道是因为你们四个互相包庇,干扰了警方的判断,还是其中有人动用了家里的关系,贿赂警方摆平了这件事。毕竟当时你们四个家里都有钱有势,而小恋则是从外校过来借读的,是我们学校里为数不多的普通家庭的小孩,如果你们的父母出面,把这件事压下去应该不难。"

没有人说话,宋立学能够感受到空气中弥漫着紧张的氛围。

"我知道你们四个一定知道小恋跳楼的真相,如果你们当中有人愿意告诉我真相,随时可以单独过来找我,而我将会支付的报酬是,一千万。"

"一千万?"吴沁妍当场发出一声惊呼。

"没错,我知道你们四个现在手头都挺紧的。伟光你开的这家健身会所实际上经营得很差,估计已经在倒闭的边缘了吧。现在的你急需一笔钱来周转,但你又不好意思跟家里人开口要钱,对吗?毕竟当初你的父母是极力反对你开这家健身会所的。"

"你怎么知道?"张伟光惊讶地望着她。

沈亦心没有理会张伟光的问题,又转向韩忠宇:"忠宇你老婆最近一直催着你买房,但是天涯市的房价实在太高,你根本买不起,即使是首付你也出不起,对吗?"

原本一直低头不语的韩忠宇猛地抬起头,虽然没有说话,但那双藏在金边眼镜后面的小眼睛似乎闪过一丝亮光,直勾勾地看着沈亦心。

沈亦心微微一笑,又对吴沁妍说道:"沁妍,其实你的梦想根本不是做什么投行高管,金融精英,而是拥有一家属于自己的咖啡店对吗?你一直这么拼命地工作,其实是在攒钱准备开咖啡店,可惜你离自己的梦想还差得很远,而你的父亲前年因为贪污被揭发而落马,现在还在监狱里蹲着,家里的资产也早已被冻结,根本无法帮助你完成梦想,不是吗?"

吴沁妍仿佛被完全看穿了心事一般,呆呆地望着沈亦心,嘴里喃喃道:"你怎么连这都知道?"

最后,沈亦心把目光转向了刘卓俊:"卓俊,两年前你因为对尸体死亡时间的误判,导致警方抓错了凶手,造成了无法挽回的损失。这之后你的上司开始对你不信任,这两年来你一直都在坐冷板凳,得不到重用,对吧?而据我所知,你的上司是个爱财如命的人,如果你有钱的话,就可以贿赂他,重新得到重用,然后升官发财,对吗?"

"开什么玩笑!就算我需要钱,找家里要就是了,我家有的是钱。"刘卓俊的语气十分冷静。

"可是当初你选专业的时候没有完全遵从父亲的意思,你的父亲一气之下和你断绝了联系,不是吗?自尊心如此强的你真的好意思低下头去找家里面要钱吗?"

刘卓俊没有回答,仿佛已经默认了沈亦心的话。

"总之呢,今晚你们好好想一想,想好了随时来找我就行,我住在螺旋塔的十一号房间,要知道这可是你们离一千万最近的一次哦。"沈亦心接着说道,"各位,时候也不早了,大家今晚就在这里休息吧,螺旋塔里有很多房间,大家可以自己挑选。赵管家,待会儿你带他们去房间吧。"

一旁的赵永胜微微点了点头。

沈亦心又转过头对身旁的林静娴和李东旭说道:"妈妈、东旭,我今晚喝得有点多,先回房间了,你们也早点儿休息吧。"

"要我送你回房间吗?"李东旭说着就要站起身。

沈亦心微笑着轻轻按住李东旭的肩膀,脸上露出温柔的神色。"不用了,你再陪客人们聊聊吧。"

说完,沈亦心转过头,对众人说道:"大家晚安,祝大家今晚都做个好梦。"然后便转身朝客厅北面墙壁上的一扇小门走去。

宋立学看了一眼墙上的挂钟,现在是晚上九点半。

幕间一

  我拿起沾满雨水的匕首，慢慢靠近自己的手腕，用力地划了下去。
  恋……
  我绝望地喊出她的名字，用尽了最后一丝力气。
  意识快要消失了。
  恋的影子在我眼前恍惚着，似乎依稀可以看见她那被微风扬起的长发。
  眼前一片模糊。
  我仍在用力地回忆，回忆关于恋的一切，回忆她水灵的眼睛，可爱的笑容，还有那浅浅的酒窝……
  我想把恋的模样永远地刻在脑海里，直到死亡将我带入黑暗深渊的最后一刻。
  恋……

第四章　螺　旋

沈亦心走后，林静娴和李东旭本想陪众人再聊一会儿天，但沈亦心的四个高中同学都显得心事重重，看上去完全没心思聊天，所以没过一会儿，他们两人便也告辞回自己的房间了。

他们两人回房后，赵永胜开口道："各位应该都累了吧，我带大家去住宿的地方吧。住宿的客房都在螺旋塔内，各位请跟我来。"然后，他走到客厅北面的那扇小门前，把门打开，回头说道，"这是螺旋庄客厅的后门，螺旋塔在螺旋庄的北面，出了这扇门走几步就到了。"

走出那扇小门，众人便来到了螺旋庄的北面。借着月光的映衬，宋立学的眼前呈现出一个巨大的高塔式建筑的轮廓，只是这建筑全身漆黑，在夜幕下十分不显眼。宋立学知道这便是他白天看到的那座螺旋塔。

这时，刘卓俊突然开口道："咦，螺旋庄外表好像比我想象中的还要大，但在里面感觉没这么大啊。"宋立学闻言回过头，只见刘卓俊正面向螺旋庄的方向，左右摇晃着脑袋，打量着螺旋庄的北侧墙壁。

"哦对，忘了和各位说了。"赵永胜似乎想起了什么，"螺旋庄除了客厅、厨房、卫生间、位于地下的发电室，以及我、杨姐、婷婷几人住的房间以外，在东西两侧还各有一个房间，分别是健身房和图书室。"

"健身房，这里还有健身房？"张伟光的语气变得十分兴奋，"我最近一直忙着和别的公司谈融资的事情，弄得焦头烂额的，都好久没干本职工作了，再不锻炼锻炼，身上的肌肉都要退化了，这里有健身房真是太好了，正好可以好好锻炼一下了。"

"这里的健身房非常简易，和专业的健身房没法相提并论。老爷还没有出车祸的时候很喜欢体育运动，但是这里位置偏远，他便采购了一些健身器械，把这个房间布置成了健身房，没事的时候常常会来这个房间锻炼锻炼。不过自从出事之后，老爷便再也没有来过这里，这个健身房已经空置很久了。"赵永胜开口道，"我带大家去看看吧，大家如果想健身的话随时可以过来，健身房和图书室的门平时都不锁的。"

说着，赵永胜朝东边走去，宋立学这时才发现，在螺旋庄北面墙壁的东西两端各有一扇黑色的铁门，只是铁门的颜色在夜幕下十分不显眼，众人完全没有注意到，只有刘卓俊敏锐地发现了内外空间宽度的差异。

赵永胜走到靠东侧的那扇黑色铁门前，转动把手，然后轻轻一推，门便开了。他打开门旁边的电灯开关，白色的灯光从门里面倾泻出来，但在这黑色的夜幕中很快便完全消融了。

走进房间，里面摆放了许多体育器械，有乒乓球桌、跑步机、哑铃、杠铃、健身球等比较常见的体育用品，也有一些宋立学从没见过的用来锻炼肌肉力量的抗阻力训练器械，还有不少颜色各异的软垫。

"哇！"张伟光满脸兴奋地跑进房间里，但没过一会儿他便露出沮丧的表情。"这里的器材好像都比较古老，没有最新的器材吗？"

"这些都是许多年前买的,那时候你指望有什么高大上的健身器械吗?再说这些健身器材当时也就沈老爷一个人用,还不够吗?"吴沁妍反问道。

"这倒也是。"张伟光点点头,"不过有这些也够了,能满足大部分简单的体育锻炼的需求了。"

张伟光说着,右手拿起一个黑色的哑铃,向上举了几次,嘴里喃喃道:"太轻了。"然后,他放下手中的哑铃,又拿起旁边一个更大的哑铃,举了举,微微一笑道:"这个还差不多。"

就在这时,"砰"的一声,有个东西从张伟光的口袋当中滑落下来,掉在地上。

那是一串钥匙。宋立学走过去,捡起那串钥匙,但是那串钥匙的重量远远超过了他的预期。

"哇,好重的钥匙串。"宋立学这时才注意到上面挂了非常多的钥匙,起码有三十多把,所以才会这么重。这些钥匙大多样式老旧,而且表面布满了暗褐色的锈迹,看上去年代已经十分久远。除了钥匙以外,上面还挂了指甲剪、挖耳勺等乱七八糟的小东西。

"啊,不好意思。"张伟光从宋立学手中接过钥匙串,"我有收集钥匙的习惯,用过的钥匙舍不得丢,从小到大,我用过的钥匙基本都在这里,还有一些是我爷爷家不要的旧钥匙,我都给拿过来了。"

"没想到你这个肌肉男还挺长情的啊,"吴沁妍调侃道,"听说过收集邮票的,收集钱币的,还没听说过收集钥匙的。"

"天下之大,无奇不有嘛!我觉得钥匙是对过去某段时光的一个见证吧,看见这些钥匙就常常回忆起与之对应的某段时光,就和照片一样。"张伟光有些不好意思地说。

"啧啧,我都不知道该说你是肌肉男还是文艺男了。"吴沁妍笑着吐槽道。

这时,赵永胜开口道:"时候不早了,我们去螺旋塔的客房吧,如果你们想健身的话,欢迎随时来这个房间锻炼,这里的门平时也不关。"说着,他便走出了健身房。

一旁的孙小玲突然说道:"赵管家,你刚刚说螺旋庄东西两侧各有一个房间,分别是健身房和图书室,现在东侧的这个是健身房,那么西侧的那个应该是图书室吧?"

"嗯,没错。"

"能带我们去图书室参观一下吗?我想看看都有什么书。"

"好吧,既然健身房都来了,那再去看一下图书室好了,大家跟我来。"

众人又跟着赵永胜,沿着螺旋庄北侧的墙壁来到了位于螺旋庄西侧的房间。这个房间的入口是和刚刚的健身房一模一样的黑色铁门,同样也没有上锁,赵永胜转动门把手,轻轻一推,便走进了房间。

打开灯后,映入众人眼帘的是几个高大的铁质书架。

"这里书挺多的啊。"孙小玲用手数了数,"一共十个书架,每个书架有六层,看这密密麻麻的样子,这个图书室里的书少说也有五千本。"

赵永胜点点头:"老爷原先是个很爱看书的人,所以当初特意把这个房间布置成了图书室,还从市里的书店买了大量的书过来,直到现在,我们每年还会去市区的书店批量采购几次图书。"

"这些书现在还有人看吗?"

"老爷自从出事之后就很少来这个图书室了,不过经常会让我们拿几本书去他的房间,倒是李先生住过来之后,经常会来这间图书室看书。大家如果想看书的话,也可以随时到这里来,这个房间和健身房一样,平时都不锁门。"

"哦?李先生是指沈小姐的未婚夫李东旭吗?"

赵永胜点了点头。

一旁的宋立学边走边打量着书架上一排排的书,发现其中有很大一部分是和N国历史有关的书,他不禁好奇地问道:"看来你们沈老爷很喜欢研究历史啊。"

"嗯,老爷确实很喜欢研究N国的历史,尤其是和战争相关的历史。"

"咦,这是什么?"孙小玲的声音响起,只见她左手拿着一个文件袋,右手则拿着一本边缘呈黑色的笔记本。

宋立学好奇地从她手中拿过笔记本,仔细一看才发现这些黑色的边缘其实是烧焦的痕迹,更让他惊讶的是,这本笔记本上没被烧到的区域密密麻麻地写满了文字,只是这些文字宋立学一个也看不懂。

"这上面写的都是啥,这不是N国的文字啊。"宋立学自言自语道。

"这是R国的文字。"一旁的孙小玲开口道。

"什么,R国的文字?"宋立学睁大了眼睛。

"嗯,我曾经跟着我爸去R国参加过学术会议,所以稍微学了一点R国语言。"

"你确定这上面写的是R国文字?"

"确定。"

"那这上面写的啥你能看懂吗?"

孙小玲摇摇头:"看不懂,我又不是神仙,只是学了一点点皮毛,还没到能看懂这么多 R 国文字的地步。"

"这本笔记本你是从哪里找到的?"

"就是这个文件袋里啊。"孙小玲晃了晃左手拿着的黄色文件袋,"这个文件袋就和这些书摆在一起,我好奇就拿了下来,打开以后就发现了里面这本被烧过的笔记本。"

"还好烧掉的部分不多,而且都是边缘,主体内容应该都被保留下来了,可惜都是 R 国文字,还是看不懂啊。"

"唔,我好奇的是这里为什么会有一本写满了 R 国文字的笔记本,究竟是从哪来的?"孙小玲柳眉微皱,转向赵永胜问道,"赵管家,你知道这个文件袋是从哪里弄来的吗?"

"不清楚,"赵永胜摇摇头,"反正肯定不是我们买过来的,估计是老爷放在这里的。"

"唔,好吧。"孙小玲的表情舒缓下来,把文件袋放回了书架上,露出一个甜美的笑容,"走吧,我们去客房吧。"

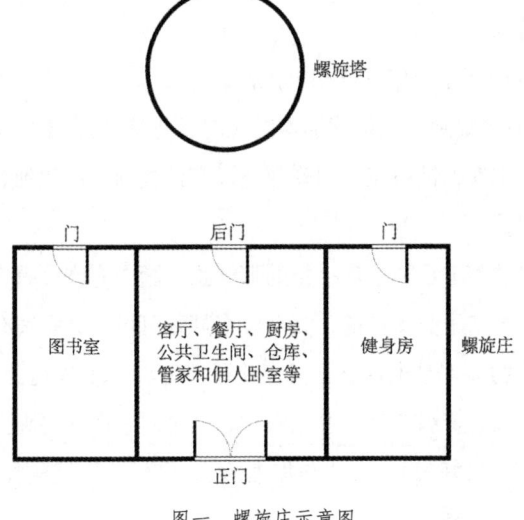

图一　螺旋庄示意图

离开图书室后，跟着赵永胜向北走了大约三十米，宋立学等人便来到了螺旋塔的跟前，出现在他们眼前的是一扇黑色的木门。

"这就是螺旋塔的大门了。"赵永胜一边说着一边推开那扇黑色的大门，众人也跟着他一起走了进去。

随着赵永胜按下门旁边墙壁上的开关，天花板上精致的吊灯散发出了柔和的微光，让宋立学能够看清这个大厅内的布置。这个房间的形状十分奇特，仿佛是一个被掰了一截出来的甜甜圈，前后两面墙壁都呈圆弧形，而且这两面墙壁之间的距离非常近，使得整个房间内部的空间显得十分狭长。好在地面上铺着淡绿色的大理石地板砖，微微映射着柔和的灯光，让整个房间看上去稍稍宽敞了一些。房间的墙壁上挂着一些西方绘画，从风格上看，古典主义、现实主义、印象派、野兽派等不同的流派都有，但宋立学对画没有太多研究，所以并不知道这些画作是真是假。

突然，他身边的孙小玲发出一声尖叫："哇，没想到居然会在这里看到。"

"看到什么？"宋立学不解地问。

"你看这幅画，这是毕加索的《鸽子与豌豆》，很多年前在巴黎当代艺术博物馆被盗，到现在还没有被找到，没想到居然会在这里见到。"

宋立学看了看孙小玲手指的那幅画，画中有许多重叠的方格子，这些方格子交叉错落，完全没有规则可循。画中间有五颗灰色的粒状物体，难道这就是画名中的豌豆？可如果是豌豆的话，为什么不画成青绿色呢？总之宋立学完全看不懂这幅画上到底画的是什么，只好感叹道："毕加索的画还真是看不懂啊，这都画的什么乱七八糟的。"

"呵呵,世界顶级大师的画要是被你轻而易举看懂了,那还能叫大师吗?"

"也对,不过画的内容不重要,重要的是为什么一幅多年前失窃的世界名画会出现在这里?难道沈青云是个名画大盗?"

"怎么可能?我觉得应该是沈青云从黑市上买来的。"孙小玲微微皱眉,转向赵永胜,"赵管家,你们老爷还有收藏名画的爱好啊。"

"是的。我们老爷以前是个十分热爱艺术的人,尤其热衷于收藏世界名画。我对画不太了解,不过我知道老爷特别喜欢一个西班牙画家,好像叫什么戈……"

"戈雅。"孙小玲脱口而出。

"对,戈雅。他说这个画家的画风特别古怪,他很喜欢,可惜这个画家的画很难买到。当然,毕加索也是老爷很喜欢的画家。我们老爷似乎一直很喜欢西班牙的画家呢。"

孙小玲点点头:"原来如此,所以当他得知毕加索的这幅画被盗之后,很可能派人暗中打听画的下落,然后从黑市上买来了,反正沈老爷有的是钱。"

宋立学觉得孙小玲说得有道理,像这些不差钱的富豪,对于自己的爱好从来都是一掷千金,只要是想得到的东西,不管付出多少代价都一定要得到手。不过,这个沈青云作为一个富豪,爱好着实有些广泛了,又是健身,又是读书,又是艺术的,看来有钱人的世界果然与众不同。

正这样想着,他的目光突然被一幅与众不同的画作吸引住了。这幅画和这个房间里其他所有的画风格都不一样,是一幅简单的素描,而且任谁都可以看出这幅画绝对不可能出自某个名家或者大师之笔,只是再普通不过的铅笔素描罢了。

然而，宋立学的目光却牢牢地被这幅简单的素描吸引了，因为画上用铅笔勾勒出的是一个少女温柔美丽的脸庞。

这个画中的女孩看上去只有十六七岁，脸庞虽然美丽，但还十分稚嫩，一眼看上去和孙小玲有几分相似，不过画中女孩的目光更加温柔平和，孙小玲的眼神中则闪烁着几丝俏皮和狡黠。

"喂，你不会看呆了吧？"

孙小玲的声音响起，打断了他的胡思乱想。

"没，没有。"宋立学慌忙遮掩道。

"没有？我看你刚刚眼珠子都要蹦出来了。"孙小玲嘟起嘴，似乎显得不太高兴。

"真没有，真没有。"宋立学隐约感觉到孙小玲有些生气，却不知道该说些什么好。

此时，一个粗犷的声音响起："哇，好美丽的女孩啊。"

张伟光不知何时也来到了这幅素描画前，表情夸张，用猥琐的语气感叹道。

"这个女孩是谁啊？这幅素描怎么会和这些世界名画放在一起？"吴沁妍也被吸引了过来，向一旁的赵永胜问道。

"我也不清楚。一开始我以为这是沈夫人年轻时候的样子，后来仔细看过才发现不是，老爷也从来没有和我们提起过这幅画的事。"

"你没主动问过吗？"

"没有，我从来不多问没必要的问题。"赵永胜的回答简洁而又坚定。

"这儿只是个门厅，各位请跟我来。"在众人欣赏完这些名画后，赵永胜走到大门对面的弧形墙壁面前，伸出手轻轻一拉——原来这个房间还有另一扇门，只是因为灯光比较暗，众人的目光又都被这些名画所吸引,所以一直没有注意罢了。

借着房间里的灯光,宋立学看见赵永胜打开的门那头又是一面黑色的圆弧形墙壁。

此时,赵永胜已经走到了门外,他回过头对众人说:"螺旋塔的中间是一个巨大的圆柱体,房间都围绕在螺旋塔的四周,整个螺旋塔一共有十二层,因为建筑的年代久远,所以没有电梯,上下通行靠的是环绕中央圆柱的螺旋楼梯,还请大家体谅一下。"

果然,宋立学走出门厅后,便追随着赵永胜,在楼道昏暗的灯光下,看到了一级一级的阶梯,阶梯围绕着圆柱形的墙壁逐渐向上延伸而去。

而他脚下的正是这座螺旋楼梯其中的一级阶梯,只是因为这座阶梯正好位于门前,所以相较其他阶梯的面积要更大一些。

"这个塔的每一层是不是只有一个房间?"

"是的。"赵永胜点了点头,"每一层只有一个房间,所有的房间都一样大,形状也完全相同,都和这个门厅一样,是由两面圆弧状的墙壁围出来的空间。如果从上面俯视的话,就像是一把扇子的扇面,只不过这个扇面非常的狭长。我这样说各位能听懂吗?"

宋立学似懂非懂地点点头,他现在已经大致明白了螺旋塔的构造:中间是一个黑色的圆柱体,紧贴着圆柱体的是一座环绕着它逐级而上的螺旋楼梯,宽度大约七十厘米,而楼梯的外侧则串联着一个个螺旋向上排列着的房间,所以从螺旋塔的外面看不见这座螺旋楼梯。

"对了,这里每个房间的门上都有标号,标号是几就是几号房间。"说着,赵永胜伸手指了指身后的黑色木门的上方。

宋立学顺着他的手指看去,果然,木门上写着两个白色的数

图二　螺旋塔横截面剖视图

字"01"。

赵永胜接着说："这个一号房间其实就是一个门厅，只有这个房间有两扇门，面向螺旋塔外面的和面向楼梯的，从这往上的房间都只有面向楼梯的一个门了，面向螺旋塔外侧的是窗户。"

赵永胜一边说着一边沿着楼梯往上走去，宋立学等人也赶忙跟了上去。

大约走了十几级阶梯，众人的脚下又出现了一个较宽的台阶，而这个台阶的右边，是一扇和一号房间一模一样的黑色木门，木门上写着"02"。

"二号房间原本是夫人住的，后来夫人搬到更高的四号房间去了，这个房间就空出来了，现在是客房。"说着赵永胜从口袋中掏出一串铜黄色的钥匙，从中选出一把，插入门锁中，轻轻一转，然后又将手搭到门锁上方的门把手上，伴随着门把手转动的声音，二号房间的门被赵永胜推开了。这个房间的大小和一楼的门厅一模一样，形状也一模一样，都是狭长的扇面形，地上铺着的也是同样的淡绿色大理石地板砖，只是对面那扇弧形墙壁上没有了门，取而代之的是一扇漂亮的大窗户。

走进房门，左侧紧贴着墙壁的是一张床，可能是房间很狭窄的原因，这里的床不算太宽，看上去宽度只有八十厘米左右，但却非常整洁干净，白色的被褥看上去极为柔软，让疲劳的众人恨不得能一头倒在上面。房门右侧靠近窗户的角落里，摆着一个大衣柜，衣柜用红檀木制成，看上去很高档。而在窗户左侧的角落里则有一个白色的方形木桌，桌子上面摆放着一些杂物。

在衣柜旁边的墙壁上有一扇磨砂的毛玻璃门，玻璃门的另一侧是卫生间。卫生间面积不大，但装修得简约明净，地面和墙壁上都贴着卡其色的瓷砖，白色的抽水马桶和洗漱台表面没有一丝尘埃，铜黄色的水龙头和莲蓬头等洗浴设备闪烁着明亮的金属光泽，整个卫生间显得十分干净清爽。

"你们谁要住这个二号房间呢？"

"所有客房的布局都一样，是吧？"吴沁妍问道。

"是的，除了一号房间是门厅、十二号房间是玩具屋以外，剩余的十个房间大小、形状和布局都是一模一样的，这点大家可以放心。"

"虽然房间都一样，但这个二号房间应该是所有客房当中位置最低的吧。在这没有电梯的螺旋塔中，楼层越低，上下楼就越方便，我一个女孩子实在没力气爬楼梯了。如果这个房间没人要的话，那就归我咯？"吴沁妍用试探性的口吻向众人询问着。

见没有人说话，吴沁妍转过头对赵永胜说道："赵管家，那今晚我就住这个房间了，你带他们继续去上面的房间吧，我就不去了。"说完，她一屁股坐到白色的床褥上，顺势栽倒下去，不住地感叹道："哇，真舒服啊。"

这时赵永胜从口袋中掏出刚才那串钥匙，然后把刚刚用来打开二号房间的那把钥匙取了下来，放到床头。"这是二号房间的房门钥匙，吴小姐出门的时候记得锁门。哦对了，这里的房门内侧用的是那种老式的插销锁，我们走之后吴小姐记得把插销插上。"他一边说着，一边用手指了指房门内侧边缘的铜黄色插销。

"好的好的，知道了。"吴沁妍的语气显得有些不耐烦。

"那吴小姐好好休息，我们就告辞了。"说着，赵永胜便走出了二号房间。

离开二号房间后，众人又跟着赵永胜沿着螺旋楼梯继续往上走。从赵永胜的口中，众人得知三号房间住的是沈青云，四号房间住的是林静娴，所以众人路过这两个房间时没有停留便继续往上走去。

当众人来到五号房间门口时，孙小玲突然说了一句："正好一周。"

"什么？什么一周？"宋立学没有听懂孙小玲在说什么，不禁问道。

"螺旋塔的大门朝向正南方，也就是说一号房间是朝向正南方的，而我记得很清楚二号房间是朝向正西方的，三号房间和四号房间虽然我们没进去，但从它们房门的位置就能看出这两个房间分别是朝北和朝东的，现在这个五号房间又是朝向正南方的，也就是说在水平方向上我们刚好转了整整一圈。"

"孙小姐的方向感还真是极强呢，在这种漆黑的夜里居然还能把方向分辨得这么清楚。"赵永胜赞叹道，"没错，这里每个房间的方向都相差了九十度，也就是说我们沿着螺旋楼梯在垂直方向上每往上走一层，在水平方向上就会沿顺时针方向绕着螺旋塔中央的圆柱走四分之一个圆的距离，每往上走四层就会又回到原来的方向。"

"所以这个五号房间在一号房间的正上方？"宋立学开口问道。

"没错，这里序号相差四的房间在竖直方向上都位于一条直线上，比如一号房间、五号房间和九号房间都朝向正南方，二号房间、六号房间和十号房间都朝向正西方。"

"原来如此，可是这完全是浪费空间啊，这样一来相当于东南西北四个方向，每个方向从下往上只有三个房间，明明可以有十二个房间的。作为一个曾经梦想成为建筑师的人，我觉得这样的构造实在是有点傻。"刘卓俊的语气有些激动，宋立学还是第一次看见他的情绪有比较明显的波动，可能是体内的建筑师之魂突然燃烧了起来吧。

赵永胜不置可否地微微一笑，似乎也不知道该说什么。

此时的宋立学不知为何，突然想到了发生在云雷岛上的连环杀人事件。在那起事件里，也有不少构造古怪的建筑，而且那些建筑全都是由同一个建筑师——中村红司设计的。

一旁的韩忠宇不耐烦地开口道："管它什么构造，能睡觉就行。"

此时，赵永胜已经打开了五号房间的门，众人进去后，发现确实如赵永胜所说，这个房间的大小、形状以及内部的布局，家具摆放的位置都和二号房间一模一样，只是这个房间的窗户是朝向正南方的，而二号房间的窗户是朝向正西方的。

最后，韩忠宇选了这个五号房间，他说自己习惯住朝南的房间，而且也没有体力继续往上走了，只想赶紧休息。

宋立学等人道过晚安后，便离开五号房间继续往上走去。

"这些天天坐办公室的，身体还真是虚呢，才走了这么几步路就走不动了，哈哈哈。"张伟光一边走着一边用揶揄的语气调侃着。

"那肯定没法和你这个健身狂人比身体素质。"刘卓俊随口附和了一句。

"哈哈哈，那是。"张伟光高兴地大笑起来。

从赵永胜的口中，众人得知，螺旋塔的十号房间是李东旭的房间，十一号房间是沈亦心的房间，而最高的十二号房间则是一间"玩具屋"，是李东旭专门为未来他和沈亦心的小baby准备的游乐场，所以只剩下六、七、八、九四个房间可以选择。

因为这四个房间除了方向和高度以外没有任何差别，所以四人倒也没有什么好挑选的，最后刘卓俊选择了六号房间，孙小玲选择了七号房间，张伟光选择了八号房间，而其中最高的九号房间则留给了宋立学。

宋立学走进九号房间的时候已经是晚上十点半了，他把门上的插销插好后，便一头栽倒在床上，本来他打算洗个澡再睡，但身体一沾到柔软的被褥，他便完全不想再动了。

——算了，明天早上起来再洗吧。

因为中午没有午睡，晚上又喝了点酒，所以他的脑袋一直晕晕沉沉的，以至于刚躺下，强烈的困意便向他袭来，没一会儿他便进入了梦乡。

宋立学感觉自己的身体正在急速下坠，眼看着自己的头就要撞上地面，炸裂成一团血浆。

"啊！"宋立学大叫一声，从床上"腾"地一下坐了起来。

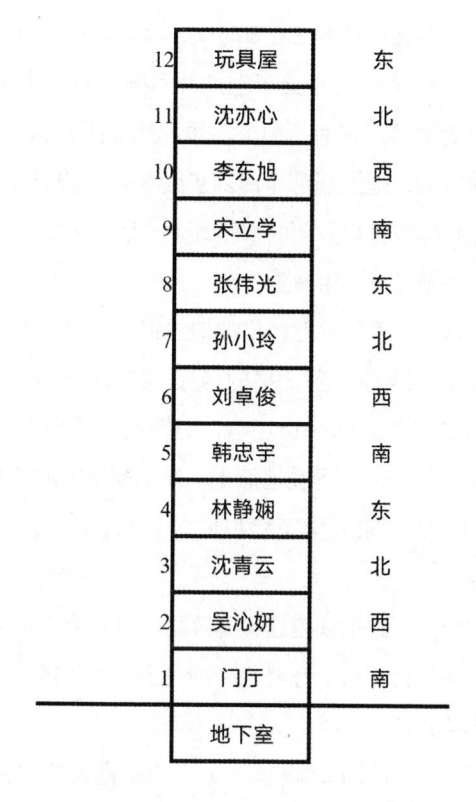

楼层	房间	朝向
12	玩具屋	东
11	沈亦心	北
10	李东旭	西
9	宋立学	南
8	张伟光	东
7	孙小玲	北
6	刘卓俊	西
5	韩忠宇	南
4	林静娴	东
3	沈青云	北
2	吴沁妍	西
1	门厅	南
	地下室	

图三　螺旋塔房间分布和朝向示意图

——原来是个梦！

此时，宋立学发现自己的后背已经完全被汗浸湿了，T恤紧贴在皮肤上，让他感觉十分难受。他拿起枕边的手机，屏幕上显示现在是夜间十一点四十五分。

——睡了差不多一个小时。

宋立学不知道自己为什么会做这样的噩梦，又为什么会突然醒过来，但是现在的他已经完全没了困意，脑袋十分清醒。他知道自己暂时肯定睡不着了，便想着找点事来做，排解无聊，但这里又没有信号,手机只能用来看看时间。他站起身,走到房间里的白色方桌前,翻了翻摆在桌子上的几本杂志,都是他不感兴趣的旅游、时尚类的。这时,他突然想起螺旋庄的那个图书室,晚上去参观的时候,他发现那里面除了跟N国历史有关的书外,还有不少他感兴趣的哲学方面的书籍,于是他决定去那个图书室里看会儿书,等困了再回来睡觉。

走出九号房间,用赵永胜给他的钥匙锁好房门,他便沿着螺旋楼梯往下走去。当他走到一楼的门厅,准备打开螺旋塔的大门时,突然听到"轰"的一声巨响,一阵雷声传来,紧接着豆大的雨点迅速落了下来,砸在地面上,发出噼里啪啦的响声。

"啊,下雨啦!"宋立学下意识地看了眼手机,现在正好是夜里十二点钟。

他没有带伞,不过他知道这种雷阵雨一般不会下得太久,宋立学犹豫着是等一会儿再去还是直接冲过去,毕竟螺旋庄离这里也不过三十米的距离。

——算了,来都来了,也就三十米的距离,几秒钟就跑过去了。

宋立学一边想着,一边冲向雨中。

几秒钟后,他跑到了图书室门口,推开门,发现里面的灯亮着。

"咦,里面有人吗?"宋立学一边嘀咕着,一边沿着书架往里面走,发现孙小玲正站在之前那个文件袋所在的书架旁。

"你还在研究这本笔记本上的文字啊。"宋立学走过去,发现孙小玲左手拿着那本边缘已经烧焦的笔记本,右手拿着一本字典。

"啊,你这人,怎么一点声音都没有,吓死我了。"孙小玲似乎被宋立学吓了一跳。

"抱歉抱歉，我没想到这么晚你居然会在这里。"

"我还是放心不下这本笔记本上的文字，便想着过来再看看，正好这里有一本 R 国语字典。"

"什么？你没学过 R 国语，凭着一本字典就想看懂笔记本上面这些文字的意思吗？"

"试试嘛，不试一下怎么知道呢，你就这么不相信我吗？"孙小玲嘟起嘴，瞪了宋立学一眼。

"不，如果是你的话，倒是有可能，毕竟你是天才少女嘛。"宋立学的求生欲极强，赶忙说道。不过这倒并不完全算是恭维，他知道眼前这个美丽的少女极为聪明，对她来说确实没有什么不可能的事。

"这还差不多。"孙小玲露出一个俏皮的笑容，然后又低下头继续研究那些文字了。

"你继续研究吧，我去看会儿书。"宋立学走到另一排书架前，那里是摆放哲学类书籍的区域，他拿出一本《作为意志和表象的世界》走到一旁靠窗的书桌边，读了起来。

叔本华的这本《作为意志和表象的世界》是宋立学非常喜欢的哲学名著，尽管他已经读过十几遍了，但每次读都会有新的体会，可谓常读常新。这次在这里看到这本书，他忍不住又想再拿出来翻一翻。

宋立学坐在桌旁，随手翻着这本他已经读得滚瓜烂熟的大部头哲学书，正翻到"世界作为意志初论"这一章的内容时，耳边轰隆轰隆的雷声突然停住，没过多久噼里啪啦的雨声也停了下来。宋立学抬头看了看窗外，然而夜幕下只能看到无边无际的黑色。

"呀,已经十二点半了啊。"这时书架旁的孙小玲突然开口道,"我有点困了,想回去睡觉了,你要不要和我一起回去?"

"我刚刚睡了一个小时,还不困,我再看会儿书,你先回去吧。"

"好吧,那我先回去了,你走的时候记得关灯哦,拜拜。"说着,孙小玲便朝图书室的门口走去。

"拜拜。"宋立学望着孙小玲远去的身影,喃喃自语道。

第五章　坠　落

九月十五日上午七点十五分，螺旋塔。

"砰、砰、砰。"一阵急促的敲门声打断了宋立学的美梦，虽然身体像灌了铅一样沉重，他仍然努力地睁开双眼，看了一眼手机屏幕上显示的时间，才七点十五分。

"谁啊？"他半睁着惺忪的睡眼，一边穿衣服一边走到门前，打开门后，眼前出现了杨美琴焦急的脸庞。

"宋先生，大事不好了，你赶紧过来看看吧！"

"怎么了？"宋立学好奇地问道。

"小姐、小姐出事了。"杨美琴的眼神里充满了惊恐。

"出、出事了？出什么事了？"

"总之，你跟我过来就是了。"杨美琴说着，便转身沿着螺旋楼梯往下跑去。宋立学也顾不得刷牙洗脸，跟在杨美琴后面跑了下去。

两分钟后，宋立学跟着杨美琴来到了螺旋塔东侧的草地上，他的脚下是微微湿软的土地，而躺在这微微湿软的土地上的是一个身穿白色连衣裙的女孩。

女孩的四肢无力地耷拉着，身下的土地已经被鲜血染成了红色。那美丽的面庞也被鲜血和泥土污染得模糊不清，任谁都能看出，生命的气息已经从女孩的体内消散殆尽了。

宋立学知道，眼前已经变作尸体的女孩正是杨美琴口中的"小姐"：沈家的千金沈亦心。

戴着白色口罩和手套的刘卓俊蹲在沈亦心的尸体旁，仔细地检查着尸体，宋立学知道他正在验尸。而不远处，李东旭跪在沈亦心的尸体前，宋立学看不见他脸上的表情，但却察觉到他的身体正在微微颤抖着。一旁的林静娴双眼呆滞地望着远方，仿佛失了魂一般，如果不是被许婷婷和孙小玲搀扶着，她的身体可能会立马瘫软在地上。另一边的吴沁妍和韩忠宇则面无表情地站在一旁，眼珠一动不动地盯着沈亦心的尸体，不知道在想些什么。

"这、这究竟是怎么回事？"宋立学看着眼前的一切，茫然地问道。

"我每天早上起床后都会绕着螺旋庄散步，走个几圈，然后再开始一天的工作。今天早上我照例从螺旋庄的正门出发，准备绕螺旋庄走几圈。然而，就在我走到螺旋庄的东北角时，却、却看到……我立马跑了过去，先是轻轻喊了几句小姐，可是小姐躺在地上一动不动。我鼓起勇气，走到她身边，伸出手指放在她的鼻子前，可、可是，她已经完全没有了呼吸……"杨美琴说着，泪水开始在眼眶里打转。她一边用手抹着眼泪，一边哽咽着继续说道："我完全吓坏了，赶紧冲进螺旋塔里，沿着螺旋楼梯挨个儿去敲大家的房门。"

"是摔死的。"一直蹲在沈亦心尸体旁的刘卓俊突然站起身来，一边脱下口罩和手套，一边说道，"亦心的后脑勺凹进去了一块，头部有明显的颅骨骨折痕迹，可以确定她的头部受到过巨大的冲击。她的双眼眼球突出，血充满了整个眼眶，这也是头部受过巨大冲击的典型症状。另外她的全身有多处粉碎性骨折，但是没有中毒的迹象，所以基本可以肯定，亦心是摔死的。"

"这些伤痕有没有可能是受棍棒一类的东西重击所致？"孙小玲一边搀扶着林静娴的身体，一边用冷静的语气问道。

"这个不可能。"刘卓俊摇摇头，"我仔细对比了地上的血痕和亦心身上的伤痕，所有的痕迹都高度吻合，我可以肯定亦心是因为从高处坠落，撞击地面时受到了巨大的冲击——尤其是头部，导致当场死亡的。"

"那么刘医生，你能看出来沈小姐是从多高的地方坠落的吗？"

"从尸体的颅骨骨折和身上的多处粉碎性骨折痕迹来看，这种程度的骨折需要在撞击地面时受到极强的冲击力才能造成，所以我推断亦心至少是从四十米以上的高空坠落的。"刘卓俊说着，用右手食指推了推自己的银边眼镜，"不过具体是多高我就没法再推测得更加精准了。"

孙小玲抬起头说道："沈小姐现在所在的位置是螺旋塔的正东侧，在她的正上方有三扇窗户，从下往上分别是四号房间、八号房间和十二号房间的窗户，也就是说沈小姐只有可能是从这三个房间中的一间坠落的。刚刚刘医生说沈小姐至少是从四十米以上的高度坠落的，我想各位应该都能看出，这三个房间当中只有十二号房间的高度在四十米以上，所以基本上可以肯定沈小姐是从十二号房间坠落的。"

在场的人一边听孙小玲说着，一边抬起头，望向螺旋塔的圆柱形表面。

沈亦心的尸体离螺旋塔的黑色外壁不过三米左右的距离，在沈亦心尸体正上方的位置，一共有三扇窗户，其中两扇窗户都紧闭着，只有一扇窗户完全地敞开着，而那扇窗户所在的位置，已经接近螺旋塔的最顶端，任谁都能看出那是螺旋塔最顶层的房间，也就是十二号房间所在的位置。

吴沁妍伸手指向那扇敞开着的窗户："那、那扇窗户……"

"那是玩具屋的窗户。"杨美琴开口道，此时的她已经止住哽咽，恢复了平静。

宋立学想起昨晚赵永胜带他们去螺旋塔的客房时曾经说过，螺旋塔的十二号房间，也就是最顶层的房间，是为以后要诞生的小 baby 准备的玩具屋。

"等等，"宋立学突然想起了什么似的，"你们忘了还有塔顶啊，沈小姐也有可能是从螺旋塔的塔顶坠落的。"

"塔顶？"杨美琴皱了皱眉，"可是螺旋塔里面并没有通往塔顶的通道啊，从螺旋塔里面是没办法到达塔顶的。"

"不一定要从里面，也有可能是从外面。"

"从外面？"杨美琴露出疑惑的表情。

"有可能是从外面爬到螺旋塔的塔顶，也有可能是使用某种飞行装置降落在螺旋塔塔顶的。"

"可是螺旋塔的外表面这么光滑，几乎没有任何凸起，人到底要如何爬到塔顶？至于能载人的飞行装置，那更是完全没影的事，这里根本没有这样的装置。"

宋立学也觉得自己说的话确实有些天方夜谭，不禁挠了挠头道："确实不太可能，我就是提出这种可能性而已。其实我也同意大家的观点，沈小姐应该是从十二号房间坠落的。"

"那还等什么，我们一起去十二号房间看看吧。"韩忠宇说着就要转身朝螺旋塔的大门走去。

"稍等一下，"孙小玲开口道，"刘医生，我想问一下，你能判断出沈小姐的死亡时间吗？"

"这个我已经仔细检查过了，根据尸体的僵直程度和尸斑的分布情况，再结合现在的气温来看，沈小姐的死亡时间应该在四个半小时到七个半小时之间。"

孙小玲看了看手机："现在刚过七点半，也就是说沈小姐的死亡时间在昨晚十二点到今天凌晨三点之间，对吧？"

刘卓俊点了点头："因为在这里没法做更加详细的尸检解剖，所以最多只能精确到这个时段了。"

孙小玲接着说道："你刚刚说过，沈小姐是由于坠地的时候受到巨大冲击力当场死亡的，所以换句话说，沈小姐坠楼的时间就是昨晚十二点到今天凌晨三点这三个小时之内吧。"

刘卓俊点点头。

"你是要调查我们的不在场证明吗？"吴沁妍皱起眉头，露出不满的表情。

"这个待会儿再说，"孙小玲转过头，对许婷婷说道，"婷婷姐，麻烦你先扶沈夫人回房间休息，我跟他们一起去十二号房间看看。"

许婷婷点点头，便扶着林静娴走进了螺旋塔。

正当剩下的人也准备一起进入螺旋塔，去十二号房间调查时，宋立学突然大喊道："等一下，你们先别急着调查啊。出了这么大的事，你们都不报警吗？这里发生的可是命案，我们难道不应该第一时间报警？"

宋立学一边说着，一边掏出手机。

"没信号，你忘了吗？这鬼地方没有信号啊，不然我们早就报警了。"吴沁妍的语气中带着一丝哭腔。

宋立学突然想起来，自从来到古南村之后，手机就一直显示没有信号，许婷婷也对他说过，在进入古南村的地界之后就没信号了，只有走出围绕着古南村的那片灌木林才能收到信号。但他仍然不死心，拿出手机又确认了一遍，然而手机屏幕右上方的"无服务"符号浇灭了他的最后一丝幻想。

"没用的，我们都确认过了，这里根本没法报警。"刘卓俊转过头说道，"我们刚刚已经让赵管家去古南村外面报警了。"

"好吧，既然这样，我觉得我们暂时还是不要破坏案发现场，先等警察来了再说，不然可能反而会干扰警方办案。"

刘卓俊点点头："你说得也对，要不我们先在这儿等赵管家回来，问问他警察什么时候到再说。"

正说着，一个熟悉的身影出现在众人的视线里——是赵永胜。

"这么快就回来了？我记得从这里走到古南村外面差不多要四十多分钟啊，这一来一回怎么也得一个多小时，赵管家你这还没到半个小时就回来了？"韩忠宇说出了所有人心中的疑问。

"桥断了。"

"什么？"所有人都睁大了眼睛，张大了嘴巴，看向赵永胜。

"我是说吊桥断了。"赵永胜抹了抹脸上的汗水，"通往古南村的那座吊桥断了，我没法过去。"

"怎么会这样！"吴沁妍似乎不敢相信自己的耳朵，"那我们要怎么出去？还有别的路可以走吗？"

"这里东、西、北三面环山，山上全是茂密的树林，树林里到处是野兽，从来就没有人敢上去，南面通往古南村的那座吊桥是唯一的出口。"赵永胜的声音十分低沉。

"那也就是说，我们出不去了？"吴沁妍的表情似乎要哭出来一般。

"我们的车都停在古南村外面了,这可怎么办啊?"韩忠宇的脸上也写满了惊慌。

"没办法,我们被困在这里了。"赵永胜脸色凝重地说,"这里原本就没有通信讯号,现在通往外界的唯一道路也断了,我们现在与外界完全隔绝了。"

"不,我不要待在这里,我要回家,我一刻也不想待在这里了。"吴沁妍的眼泪像决堤的洪水一般涌出眼眶,她一屁股跌坐在地上,号啕大哭起来。

宋立学见状,想过去安慰几句,却突然听到孙小玲开口道:"昨天我们来的时候,吊桥还是好好的,怎么会突然就断了呢?"

"没错。"刘卓俊此时也从沈亦心的尸体旁走了过来,"我也觉得奇怪,那个吊桥虽然有些晃,但还挺结实的,不可能突然就断掉吧。"

"这我也不清楚,有可能是昨晚被雷击中了吧。"赵永胜耸了耸肩说道。

宋立学这才想起,昨晚他去图书室的时候,外面突然雷声轰鸣,狂风骤起,接着便是噼里啪啦的雨点砸下来的声音,那时候大概是十二点左右。现在想来,脚下这微微有些湿润的土地恐怕也是昨晚那场暴雨所致。

"这么巧吗?"刘卓俊皱了皱眉,似乎不太相信这个解释。

"会不会是被人故意弄断的?"跌坐在地上的吴沁妍突然止住了哭声,冒出了这么一句。

"什么?"众人的目光都被吴沁妍吸引过去。

"我是说那座吊桥会不会是被人故意弄断的,为了把我们困在这里。"

"你为啥会这么想?"刘卓俊问道。

"我在小说里看到过,一群人聚到一起,然后不断有人被杀,凶手就隐藏在这群人当中,而且凶手还切断了与外界联系的通路,导致这群人与世隔绝,没法逃出去寻求帮助。这叫什么模式来着?我想想,叫什么模式来着?"

"暴风雪山庄。"孙小玲吐出了五个字。

"对,对对对,就叫暴风雪山庄。"

"你的意思是,杀害亦心的凶手就在我们这群人当中?而且这个凶手故意弄断了吊桥,目的是把我们困在这里,从而能够继续杀人?"韩忠宇看着吴沁妍问道。

"我,我也不知道,我也是胡乱猜测……"被韩忠宇这么一问,吴沁妍的脸上露出害怕的表情,似乎自己也不敢相信自己说的话了。

"等等,"宋立学开口道,"你们怎么知道沈小姐是被人杀害的?难道沈小姐不可能是自己跳下来的吗?"

"你是说,自杀?"刘卓俊反问道。

"我只是说有这种可能。"

"不,不可能,不可能。"一直跪在沈亦心尸体旁的李东旭突然跳了起来,神情激动地说,"亦心不可能自杀,她为什么要自杀?我们明明就快要结婚了,她即将成为我的妻子,她明明跟我说她是世界上最幸福的女人,她有什么理由自杀?"

李东旭越说越激动,豆大的泪珠不断地从他的眼角滑落,划过他英俊但憔悴的脸庞,滚落到微微湿润的土地上。

"我也觉得亦心不可能自杀,不论如何,现在的她正处于人生中最幸福的时刻,我实在想不出她有什么理由会自杀。李先生,亦心有跟你说过什么烦心事吗?"

"没有,她从来没跟我说过什么烦恼,她说还有很多事情想和我一起做，我们要一起环球旅行，我们要生好多孩子，要一起携手慢慢变老，我们……"到最后，李东旭竟已泣不成声，再也说不出话来。

"难道和小恋有关？"孙小玲突然开口道。

"什么？"听到这个名字，韩忠宇、吴沁妍和刘卓俊的脸色都突然一变。

小恋。

昨晚在沈亦心的生日晚宴上，宋立学听到过这个名字。从昨晚他们的谈话中，宋立学只知道这个小恋和沈亦心、韩忠宇他们都是高中同学，但是却在沈亦心生日当天坠楼而亡，而这件事情和韩忠宇等人有关，这也是沈亦心邀请他们四个来参加生日晚宴的原因：沈亦心想用钱来引诱他们说出小恋跳楼的真相。

——难道沈亦心的死和这个小恋有关？这样一来，韩忠宇、刘卓俊、吴沁妍和张伟光这四个人岂不是这里最大的嫌疑人了？因为只有这四个人和这件事有关。

宋立学的脑海里浮现出这样一幅画面：昨天深夜，因为晚宴时沈亦心的那番话，凶手来到沈亦心的房间，想和她谈谈小恋坠楼的事情，谈话过程中两人起了争执，情绪激动的凶手失手将沈亦心从窗边推了下去。

——不对，沈亦心在十一号房间，如果她是从自己的房间掉下来的话，那么尸体应该在螺旋塔的北侧，而不是东侧。难道凶手和沈亦心谈话的地点不是在她的房间，而是再往上一层的玩具屋？

宋立学正这样想着，却听到韩忠宇神色慌张地开口道："不，不可能，别瞎说。"

孙小玲若有所思地点了点头，没再多问。宋立学知道她对韩忠宇的回答并不满意，但现在并不是纠缠这些的时候。他缓缓开口道："不管怎么说，现在我们都被困在这里，警察也来不了了，也不存在破坏案发现场什么的了。关于沈小姐的死，无论她是自杀还是他杀，我们都必须自己找出真相了。"

刘卓俊点点头："宋先生说得没错，现在这种情况只能靠我们自己来破案了。如今第一步，我已经尽最大努力确定了亦心的死亡原因和死亡时间的范围，我想第二步应该就是勘察案发现场了。"

"那还等什么？我们现在就去十二号房间。"说着，韩忠宇转过身走进了螺旋塔的大门。

众人跟在韩忠宇身后，沿着螺旋楼梯一路往上，在路过八号房间门口时，韩忠宇突然停住脚步，回头说道："不对，伟光还没起床吗？从早上到现在好像一直没看到他啊。"

听他这么一说，宋立学才突然意识到今天张伟光一直没有出现过。

"我早上敲了很久的门，"杨美琴指着八号房间的房门，开口道，"但是房间里一直没动静。"

"这个张伟光，怎么这么能睡？这大夏天的怎么能睡到现在还没醒？这都几点了！出了这么大的事，他怎么还睡得跟个死猪一样！"吴沁妍边说边抬起手，对着八号房间的门就是一顿猛拍，随即螺旋塔里便回响起"啪、啪、啪"的巨大拍门声。

"喂，伟光，起床了，张伟光，起床了，出大事了，快起来！"

然而，无论吴沁妍多么用力地拍门，八号房间里面依然没有任何回应。

"算了，我们还是先去十二号房间吧，可能待会儿张先生就自己起来了。"

"好吧，这个张伟光，昨晚到底干啥了，睡得这么死。"吴沁妍一边抱怨一边放下了胳膊。

众人又绕着螺旋塔中央的黑色圆柱转了整整一圈，终于来到了螺旋塔最高的十二号房间——玩具屋。

十二号房间的门和下面所有房间一样，都是黑色的木门，门上有一个铜黄色的门把手，和下面的铜黄色门锁连成一个整体。杨美琴走到众人前面，伸出手转了转门把手，但房门纹丝不动。

"奇怪，我记得这个房间没锁啊。"杨美琴从口袋里掏出一把钥匙，伸进门把手下面的锁孔里，转了转，然而房门依然纹丝不动。

"怎么回事？"赵永胜问道。

杨美琴回过头，一脸惊讶地说道："门没有锁，但是里面的插销是插着的。"

"什么？"赵永胜露出惊讶的表情，"难道这个房间里面有人？"

说着，他用力地敲起了房门，一边敲一边喊道："有人吗？里面有人吗？"

然而，和刚刚的八号房间一样，无论他怎么敲怎么喊，里面都没有传来任何回应。

"奇怪了，如果里面没人的话，为什么房门内侧的插销是插着的？如果里面有人的话，为什么一直不回应？"韩忠宇在一旁问道。

"我也不清楚，总之先想办法把房门打开吧。"赵永胜转过头说道，"螺旋庄客厅旁边的仓库里有一个金刚石锯片的电锯，我去拿过来，如今之计，只能先把房门割开一个口子，然后手伸进去把插销打开了。"

说完，他便沿着螺旋楼梯往下走去。

大约过了十多分钟，赵永胜右手提着一个电锯回到了十二号房间门口。

"电锯有了，可是要去哪里接电啊？"韩忠宇问道。

"里面有电池，不用担心。"

说着，赵永胜按下了电锯的开关，圆形的金刚石锯片瞬间发出尖锐的响声，开始急速地转动起来。赵永胜将圆形锯片对准十二号房间的门把手附近，慢慢往前移动，当圆形锯片接触到房门表面的那一刹那，木屑便大量地喷涌而出。没过多久，房门便被割开了一个口子。

当房门上的口子大到足够伸手进去时，赵永胜关掉了电锯的开关，把电锯放到一旁的地面上，然后把右手伸进刚刚被割开的口子里，手腕轻轻一抽。接着，他收回右手，轻轻一推，房门往房间内侧转动了一个微小的角度——门被打开了。

推开门后，宋立学简直不敢相信自己的眼睛，因为眼前的房间就像一个梦幻的童话世界。这个房间的形状和大小跟他们的客房一模一样，都非常狭窄细长，但是内部的布局和装饰却完全不同。房间的墙壁和天花板都被刷成了五彩缤纷的彩虹色，上面画着各式各样可爱的卡通图案，还有许多卡通造型的布偶和玩具被装饰在房间的各个角落，整个房间一眼看上去显得十分温馨。

更让人惊叹的是，这里简直可以称得上是一个小型的游乐场：跷跷板、旋转木马、秋千、单杠、双杠、滑梯、蹦蹦床等常见的游乐设施应有尽有。房间中央是一个看上去十分华丽高级的全金属秋千，高高的金属横梁上一左一右垂挂着两条金属长链，长链最下端由一块长约七十厘米的金属座板连接。炽烈的阳光从大开着的窗户外面射进来，照在秋千座板上，反射出明亮的光泽。秋千左侧是一个长约三米的跷跷板和一座低矮的滑梯，滑梯旁边有单杠、双杠和旋转木马，秋千右侧则是一个小型蹦蹦床，足够七八个孩子站在上面一起玩耍。

宋立学终于知道为什么这里被叫作"玩具屋"了。他不禁开口问道："这些游乐设施都是为将来出生的小 baby 准备的吗？"

一旁已经止住了眼泪，只是脸上还满是泪痕的李东旭回答道："是的，这个房间的装修和布局都是我一手操办的。这里所有的游乐设施、玩具、布偶以及装修用的材料都是从国外进口的，基本上都是买的最贵的，只为了能让我们未来的孩子有个安全舒适的游乐环境。你看，墙壁上这些卡通图案全都是我亲手画的，为了弄这个玩具屋，我足足花了三个多月的时间。"说着，他的眼泪又止不住地落了下来。"可惜都没用了，一切都没用了，什么都没了。"

宋立学见状，觉得有些于心不忍，伸出手拍了拍李东旭的肩膀。

此时孙小玲走到那扇大开着的窗户旁，伸出头往下看了看，说道："从这里看，沈小姐的尸体确实就位于窗户的正下方，基本上可以肯定，沈小姐就是从这里坠落的。"

"可是，你们不觉得奇怪吗？这里根本没有人啊。"吴沁妍大喊道。

"是的，"孙小玲点点头，"正常来看，沈小姐坠楼的原因大体上可以分为两种：自杀和被人推落。如果是被人推落的话，那么凶手肯定是在这个房间里将沈小姐从窗边推下去的，对吧？可是这样一来，如果凶手没有离开这个房间的话，那为什么我们现在找不见凶手的踪影？如果凶手离开了这个房间的话，那他到底是如何离开的呢？毕竟这里的房门是从里面用插销反锁住的。"

"会不会是插销有问题？"韩忠宇走到刚刚被割开一道口子的房门前，伸出手将插销左右横向移动了好几遍，然后摇了摇头道，"插销应该没问题。这就怪了，凶手到底是怎么离开房间的？或者说凶手是如何在离开房间后又将插销给插上的？"

"会不会……"刘卓俊开口道，"凶手并不是通过房门离开房间的？"

"你的意思是，这个房间有密道？"

"我也只是猜测而已。"

"你这么一说，倒确实有这种可能。"韩忠宇转过头，对在场的众人说道，"我们大家一起仔细搜查一遍这个玩具屋吧，看看有没有什么暗道之类的地方。"

众人点点头，开始分头检查起房间的墙壁、地板和天花板。然而二十分钟后，所有人都得出了相同的结论：这个房间的墙壁、地板甚至天花板都是实心的，根本没有存在暗道的可能。

"看来密道之说可以排除了。"韩忠宇一脸沮丧地摇摇头。

"难道真的有人可以穿墙而过吗？"已经沉默了好久的吴沁妍突然大喊道。

"什么？"众人一时没反应过来。

"不是传说在 N 国有一种神奇的穿墙术吗？好像有个地方叫崂……崂山？那里的道士……"

韩忠宇打断了吴沁妍的话："别胡说，那些都是虚构的，我才不相信这世上真的有超能力或者特异功能之类的事情。"

"是啊，崂山道士只是个虚构的故事，现实中怎么可能真的有人能穿墙而过。"宋立学开口道，"既然凶手不是通过房门离开的，也不是通过密道离开的，那么还剩下一种可能：凶手是通过窗户离开的，因为这个房间和外界相连的通道只剩下窗户了。"

"可是，刚刚也说了，这里离地面至少有四十多米吧……"刘卓俊走到窗前，伸出脖子朝下望去，还用手摸了摸螺旋塔的外壁，"没想到螺旋塔的表面这么光滑，这根本就没地方可以着力啊。"

孙小玲点点头："是的，我刚刚已经看过了，这座螺旋塔的建筑技术非常高超，虽然是圆柱形，但表面没有一点点的起伏，简直是个完美的光滑圆柱体，根本没法攀爬，除非是受过专门训练的人，不然根本不可能从这里出去再安全落地。"

"不一定要落到地面上，落到下面的窗户也行。"刘卓俊似乎突然想到了什么，把手伸出窗外，朝下面指了指，"你们看，由于螺旋塔的结构，位于这个窗户正下方的是八号房间的窗户，离这个窗户有大概十几米的距离，如果借助绳子的话，是有可能从这里下到八楼房间窗外的。"

"就算借助绳子，这对凶手的臂力和体力要求也非常高，凶手要么经受过反复的训练，要么拥有超出常人的体格才行。"

"啊，八号房间里住的是伟光啊，如果是他的话倒是有可能……"

听吴沁妍这么一说，宋立学的脑海里浮现出张伟光那高大强壮的身躯和健硕有力的肌肉。确实，这个健身狂人的体格和力量肯定要超出常人一大截。

"话说伟光到现在还没起来吗？我们还是赶紧去他的房间看看吧。"韩忠宇开口道，"不论如何，现在必须要找他问个清楚才行。"

第六章　哑　铃

众人再次来到八号房间门口的时候，已经快到上午十点了。

然而和之前一样，不论众人怎么敲门，房间里依然没有任何回应。

"算了，杨姐你直接开门吧。"赵永胜示意道。

杨美琴从一串钥匙当中挑出一把，伸入锁孔当中，然而不论她怎么转动钥匙，房门依然纹丝不动。

"这扇门和刚刚的玩具屋一样，门锁没锁，但是里面用插销插上了，所以从外面打不开。"

"看来又要用上电锯了，还好我一直拿着它。"说着，赵永胜抬起手里的电锯，往前一站，对着房门按下了电锯的开关。

大约过了二十分钟，在重复了一遍刚刚十二号房间的开门过程后，八号房间的房门终于被打开了。

推开门，首先映入众人眼帘的是外墙中央的那扇大窗户，夏末秋初的强烈阳光透过玻璃射入房间，显得十分刺眼。宋立学眯起双眼，下意识地转过头，想避开这刺眼的阳光。然而下一秒，当他的余光扫过房间里的床时，刚刚眯起的双眼却又瞬间瞪得跟铜铃一样大。

床上躺着一个人，又高又壮，仰面朝天，几乎占满了床，宋立学一眼便认出那就是今天上午一直没有出现的张伟光。只是他的五官已经极度扭曲变形，双眼像死鱼一般往外突出，嘴巴大张着如同黑洞，那根舌头用力地往外伸着，只是已经完全被嘴里喷出来的鲜血染成了暗红色。

张伟光躺在白色的床单上，不，或许已经不能称之为白色的床单，因为床单大部分都已经被鲜血染成了红色。他的胸口有一个大窟窿，鲜血还在不断地从这个窟窿里汩汩而出。

而造成这个窟窿的原因，则是一只哑铃——一只黑色的哑铃静静地躺在张伟光的胸口上，二者交界的部位正是鲜血不断涌出的大窟窿。

"啊啊啊啊啊啊！"吴沁妍发出一声声尖叫。

"这是怎么回事？"一向沉着冷静的赵永胜也无法掩饰内心的惊恐，用慌乱的语气问道。

然而，没有人回答他的问题，所有人都被眼前恐怖的景象震慑住了！

短暂的沉默过后，刘卓俊缓缓走到张伟光的身边，伸出手指放到他的鼻孔前。几秒钟后，刘卓俊摇了摇头道："已经没气了。"

"怎么会这样？！"赵永胜仍然不敢相信眼前的一切，"小姐才刚刚……现在张先生也……"

"一上午出现了两具尸体，"刘卓俊的声音越发低沉，"看来事情越来越严重了。"

"刘医生，麻烦您再仔细检查一下张先生的尸体。"孙小玲的语气倒是平静得出奇，几乎没有一丝波澜。宋立学偷偷瞄了一眼孙小玲，发现她的脸上也没有任何表情，只是瞳孔当中似乎闪烁着一丝异样的光芒。

"嗯。"刘卓俊点点头，蹲下身来，从口袋中掏出白色的手套和口罩，戴上之后，他便开始仔细地检查起张伟光的尸体来。

"刘医生平时都随身戴着手套和口罩吗？"宋立学好奇地插话道。

"嗯，做法医养成职业习惯了。"刘卓俊一边点点头，一边查看着张伟光的尸体。

"是被重物砸死的。"没过多久，刘卓俊便开口道，"我仔细检查了伟光的全身，除了胸口的窟窿外，没有其他外伤，也没有中毒的迹象。他的胸骨已经全部粉碎性骨折，碎裂的骨头刺破了心脏，造成大量出血。"

"也就是说，张伟光也是立即死亡的，是吧？"孙小玲问道。

刘卓俊点点头说："基本可以确定是立即毙命，从死者脸部的表情来看，伟光很可能是在睡梦当中突然被重物击中了胸口，导致当场死亡。"

"那么，张伟光的死亡时间能判断出来吗？"

"和亦心的死亡时间应该差不多，也是昨晚十二点到今天凌晨三点之间。"

"哦？"孙小玲若有所思地说，"两个人一个是摔死的，一个是被砸死的，死亡方式上都是身体突然受到巨大的外力冲击导致当场毙命，死亡时间上也很接近，都是昨晚十二点到凌晨三点的这三个小时之间。这难道只是巧合吗？"

"你的意思是，杀害沈小姐和张伟光的是同一个人？"宋立学问道。

孙小玲摇摇头沉吟道："我只是说沈小姐和张伟光的死有相似之处，可没说是同一个凶手所为。算了，先不说这个了，还是说说凶器吧。刘医生，你刚刚说的重物，应该就是这个哑铃吧。"

宋立学将目光投向张伟光胸口上的哑铃。那是一个看上去很重的哑铃，两端包裹着黑色的橡胶，上面印着白色的数字"30"，中间细长的手握铸铁部分表面已经出现了许多棕褐色的锈迹，看上去有些年代了。

"这不是健身房里的哑铃吗？"杨美琴的语气中充满了惊讶。

宋立学想起昨天赵永胜带他们参观过的螺旋庄东侧的健身房，里面有不少健身器械，当时张伟光就显得十分兴奋，还试着举了好几个哑铃。

"杨姐，"赵永胜挥挥手道，"你去健身房看一下，是不是少了一个哑铃。"

杨美琴点点头，便转身走出了房间。

十几分钟后，杨美琴回到众人身边，用手指着张伟光胸口上的哑铃，说道："我检查过了，健身房里确实少了一个三十公斤的哑铃，就是这个。"

"难道说，有人从健身房里拿了个哑铃，然后趁伟光睡着的时候砸死了他？"

"不一定，看昨天伟光的样子，我倒觉得哑铃更有可能是伟光自己带进房间的，很有可能昨晚他在健身房锻炼完觉得意犹未尽，便拿了个哑铃回到自己的房间里，想着可以举举哑铃，既锻炼身体又能打发时间，毕竟他是个健身狂人，而且已经很久没健身了。"刘卓俊开口道。

"我也这么觉得。"韩忠宇点点头，"这确实像是伟光会做的事。"

此时，站在窗户旁的孙小玲说道："现在问题的重点并不是凶器是谁带进房间的，而是这个房间本身。这个房间的房门和十二号房间一样，内部的插销都是插着的，刚刚我们都亲自体验过，以至于用了电锯才把门打开。而表面上看这个房间只有两个出口，除了房门就是外侧墙壁上的这扇玻璃窗户了，然而和刚刚十二号房间窗户大开着的情况不同，这扇窗户的月牙锁是从里面锁着的。"说着，她用手指了指窗户上的月牙锁，"也就是说，表面上看，凶手应该无法从房门和窗户这两个出口离开房间。"

"所以你怀疑这个房间里有暗道？"

"不管有没有，我们都必须像刚刚在十二号房间里做的一样，彻底检查这个屋子。"

趁着检查房间的机会，宋立学仔细打量起这个屋子。八号房间的布局和他住的九号房间完全一样。房间的地面上铺着淡绿色的大理石地板砖，房门所在的墙壁和窗户所在的墙壁呈圆弧状，两者之间的距离比较短，使得整个房间看上去细长狭窄。推开门，左边紧贴着墙壁的是张伟光尸体所在的床，床的位置再往左一些，靠近角落的墙壁上有一排用来挂衣服的金属挂钩，其中有两个挂钩上分别挂着张伟光的黑色背心和卡其色的松紧短裤。对面窗户所在的墙壁右侧是一个大衣柜，几乎正对着房门的位置，左侧则是一个正方形的白色小木桌，桌面十分粗糙，并且已经微微发黄，看上去有些年代了。桌子的边缘并排摆着两瓶矿泉水，一瓶水是满的，看上去还没开过盖，另一瓶里面的水则已经被喝光了，只剩下个空塑料瓶子。矿泉水旁边摆放着一个玻璃烟灰缸，不过里面并没有烟灰。烟灰缸旁边是一包抽纸，看样子应该是刚刚打开，还没用过几张。抽纸前面立着一面小镜子，供客人整理仪容时使用。镜子旁边是一个精致的台式日历，翻开的那一页显示的正是现在的九月份。除此之外，桌子上还放着几本杂志，宋立学随手拿起这些杂志翻了翻，发现和他房间的几乎一模一样，都是些时尚旅游类的杂志。

到此为止，这个房间里的东西和宋立学房间里的几乎没有什么两样，但地面上的两个东西却成功引起了他的注意，因为这两个东西是他的房间里所没有的。其中一个是放在床尾旁边墙角处，位于那排金属挂钩下方的健身球，另一个则是白色桌子附近地面上的一串钥匙。

"你们的房间里有健身球吗？"他指着那个紫色的健身球问道。

"没有。"韩忠宇摇摇头。

"我的也没有。"刘卓俊和吴沁妍也摇摇头。

一旁的杨美琴开口道："这个健身球肯定不是原来就放在房间里的，估计也是张先生从健身房里拿来的，我现在再去看看，刚刚只顾着看哑铃了。"说完，她再次转身走出了八号房间。

这个紫色的健身球直径不到七十厘米，宋立学用手按了按它的橡胶表面，发现弹性极好。他又忍不住多摸了几下，感叹道："这玩意儿摸起来手感真舒服，又柔软又有弹性。我一直以为健身球是女人用的，没想到张伟光这个大男人也会用这玩意儿啊。"

一旁的孙小玲不知为何脸稍微有些发红，开口道："你这个死宅男，这你就不懂了吧，这种橡胶质地的健身球最高可承受四百公斤的压力，不管男女都能用来锻炼身体。"

"哇，能承受这么大的重量吗？"宋立学惊讶地问。

一旁的刘卓俊插话道："宋先生看样子应该没怎么去过健身房，你可不要觉得这个球用起来很简单，如果你不能掌握正确的方法的话，搞不好会被它耍得团团转哦。"

"看样子你对健身球很熟悉嘛。"

"那是当然，我在健身房里经常用它。使用健身球可以训练胸、腹、背、臀、腿等身体上很多地方的肌肉群，这些肌肉群在保持身体平衡、改善身体姿势以及预防运动损伤等方面都发挥着重要作用。以前健身球因为有趣、舒缓、安全、效果明显等特点特别受女性的青睐，但现在有不少男性也开始用健身球来锻炼肌肉了，像我就经常会用健身球来锻炼腹肌。"

"刘医生好厉害啊。"一旁的孙小玲称赞道。

"嘿嘿，我们做医生的肯定要更严格地管理好自己的身材才行嘛。"

就在这时，杨美琴走了进来，对众人说道："健身房里确实少了个健身球，可以肯定这个健身球就是从健身房里拿的。"

宋立学一边摸着健身球一边说道："健身房里的哑铃和健身球同时出现在八号房间里，而八号房间的主人张伟光又恰好是个健身狂人。这么看来，最有可能的情况是昨晚张伟光自己从健身房里拿了哑铃和健身球回房间，想着回房之后还能继续健身锻炼，只是没想到半夜偷偷潜入八号房间的凶手看到哑铃之后顺手拿起来砸死了他。"

刘卓俊点点头说："我也是这么想的。"

众人一边说着，一边也没忘记仔细检查这个房间的墙壁、地面和天花板，然而没过多久，他们便确定这个房间和十二号房间一样，并没有任何暗道。

"也就是说，这个房间是个不折不扣的密室啊。"孙小玲悠悠地说道，"门窗从内部反锁，没有密道，简直是个完美的密室。"

"密室，杀人事件么……"宋立学不禁又想起去年在"岛田号"上和孙小玲相遇时的场景。

"我就说凶手有超能力吧，刚刚你们还不信，现在连伟光也被杀了，而且这个房间连窗户都是反锁着的，是个完完全全的密室，如果凶手没有穿墙而过的超能力，到底要怎么在这样一个密室里面杀人？"吴沁妍大声地说着，脸上的表情显得有些扭曲。

没有人能够回答她的问题，反倒是一直沉默着的李东旭突然神情激动地说:"凶手一定是用了某种我们还不知道的诡计,我们要做的就是破解凶手的诡计,揭穿凶手的身份!我相信亦心的在天之灵一定会保佑我们找出真相!"说着,他的眼角似乎又变得湿润起来。

宋立学不忍心再去看这个刚刚失去了挚爱的男人,便想说些什么来转移话题。突然他想起刚刚在白色桌子旁边的地面上看见的那串钥匙,便指着那串钥匙说道:"你们看,这是不是昨天张伟光带着的那串钥匙?"

"没错,我记得昨天在健身房的时候他不小心把这串钥匙掉在地上了。"韩忠宇捡起那串钥匙,"哇,确实好重,也就只有伟光会把这么多锈迹斑斑的旧钥匙都挂在一起,还随身带着了。"

"钥匙串肯定是伟光的,这个没啥好说的,问题是为啥这串钥匙会掉在地上?"刘卓俊开口问道。

这时,宋立学好像发现了什么似的,走到那张白色的桌子旁,用手轻轻摇了摇桌子,桌子随即发出轻微的晃动。

"你们看,这张桌子好像有些不稳。"

一旁的刘卓俊见状,弯下身子仔细打量着桌子的四条桌腿。不一会儿,他开口道:"这张桌子有一条腿比其他三条腿稍微短了一厘米多,所以才会不稳。"

韩忠宇看着自己手里的钥匙串说:"难道伟光的这串钥匙是从桌子上掉下来的吗?"

"很有可能,这串钥匙就在桌子旁边,现在我们又发现这张桌子不够稳定,有些晃,这意味着钥匙很有可能是在桌子晃动的时候从桌面上掉下来的。"

"你们看,桌子上有锈迹。"宋立学一边将脸贴近桌面,一边说道。

在离桌面边缘大概二十厘米的位置，有一些棕褐色的铁锈，虽然量很少，但因为桌子表面呈白色，和铁锈的棕褐色对比明显，所以仔细看的话还是能注意到的。

"这、这难道是伟光的那串旧钥匙上面的锈？"

"有可能。"说着，刘卓俊从韩忠宇的手中拿过那串钥匙，开始仔细对比那些旧钥匙表面的锈迹和桌面上的锈迹。一分钟后，他开口道："我可以肯定桌子上的锈就是来自这些旧钥匙表面，两者的颜色和质感一模一样。"

"既然如此，至少现在我们可以肯定一件事：这串钥匙曾经被张伟光放在了这张白色桌子上，就在那个位置。"孙小玲用手指了指桌上的铁锈，"到这里为止，一切都合情合理，毕竟正常人不会把钥匙扔在地上，放到桌子上是很合理的行为。但不知道出于什么原因，在我们进入案发现场之前，它却掉在了地上。"

"这还用问吗？刚刚你们也看到了，这个桌子不稳，肯定是有人不小心碰到了桌子，导致桌子晃了一下，钥匙从上面滑了下来，掉在地上。"

"那么，到底是谁不小心碰到了桌子呢？"

"不是伟光吗？"韩忠宇问道。

刘卓俊开口道："这就是奇怪的地方了，你看这个桌子的位置，在房间的角落里，这个位置正常人很难不小心碰到吧。"

宋立学仔细打量着这个白色方形木桌，确实，这个桌子处在两面墙壁相交的角落里，一边是窗户所在的弧形墙壁，一边是侧面的墙壁。不过因为这里的房间窗户普遍很大，所以白色方桌的一个桌角稍稍延伸到了窗户的边缘前方。

就在这时，一阵不合时宜的"咕噜"声响起，声音的来源是孙小玲的肚子。

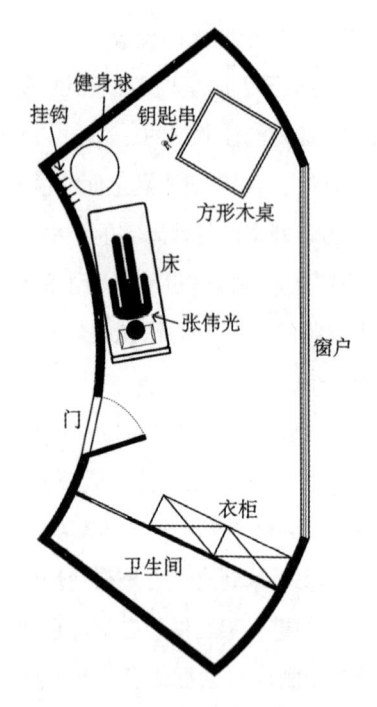

图四　张伟光案现场示意图

"不好意思，我有点饿了。"孙小玲的脸上染上了红晕，一脸窘迫，"从起床到现在还没吃东西，肚子有些不争气，真是抱歉。"

"其实我也很饿，这里的人估计都很饿了吧，毕竟大家从起床到现在都没吃过东西，我们还是先去吃点东西吧。"宋立学摸着肚子说道。

此时，一直没怎么说过话的李东旭似乎已经完全冷静下来，开口道："杨姐，你去厨房做点吃的吧，大家一上午没吃东西，都饿得不行了。"

杨美琴点了点头，便走出了房间。

李东旭又转过头对宋立学等人说道:"大家都先下去吃点东西吧,已经快十一点了,我知道大家都没什么胃口,我也没有胃口,但这个时候更应该把肚子填饱,不然连找凶手的力气都没有。"

　　"也对,现在也快到吃午饭的时间了,我们不如趁着吃饭的时候再梳理一下今天发生的事情,顺便趁大家都在,也方便调查不在场证明。"刘卓俊附和着,语气里依然带着医生特有的冷静与沉稳。

幕间二

我是一个乞丐。

直到现在我也不知道自己的父母是谁。

听捡到我的人说,他是在一个乡下的稻草堆旁边捡到我的。

后来我终于明白了为什么我的父母会抛弃我——因为我生下来就是个瘸子。

但是,我居然顽强地活了下来,而且还活到了今天,活到了二十多岁。坦白地说,我根本不知道自己究竟多少岁,但我清楚地记得自己要饭已经要了快二十年了。

至于我是怎么长大的——我是被一个好心人捡到的,然后被收留了几年。之后,好心人家里因为做生意赔了本,再也养不起我,于是我再次被抛弃。

其实我并不怪那个捡到我最后又抛弃了我的人。毕竟在我们那个穷地方,能养活自己就已经很不容易了。而且他也照顾了我好几年,不然,我早就不知道成为哪条孤狼野狗的美餐了。

那天,好心人带着我走了很远很远,来到了一个陌生的地方,没有说一句话,转身便离开了。我在后面大声哭喊着想要追上他,可是我那条瘸腿怎么能跑得起来?

就这样,我在那个地方哭了一天一夜。

后来我知道了,那个地方叫作城市。

我只好要饭。

我拖着一条瘸腿要了快二十年的饭。我不是没想过去找份工作，但是我这副模样，连大街都扫不了，谁会雇用我呢？鬼才会给我工作！尊严，尊严能当饭吃吗？你以为我不想找个体面的工作吗？谁叫我那该死的父母给了我一条瘸腿呢。更该死的是，狠心的他们居然因为这个就把我扔掉，也不想想这都是谁的错！

我天天在这座城市的大街小巷流落，看准一个地方，就坐在那儿，然后像狗一样给每个走过来的人点头弯腰，伸出我那从垃圾堆里捡来的破铁盒，向他们要钱。不过现在的人都抠门得要死，看他们一个个穿得人模狗样的，可是我一旦靠近他们，他们就像见鬼似的赶紧往旁边躲，然后投来厌恶的目光。当然他们一般只会扫视一下，因为他们绝对不愿再看我第二眼。

我在他们眼里就是一条狗，不，我连狗都不如。

我一天就吃一顿饭，晚饭。我的晚饭一般都是在夜里九点多再吃。这时候我会用这一天要到的钱去金月街一家又小又脏的餐馆吃一顿最便宜的炒饭。没有菜，就是干巴巴的饭，不过一般都会放点油，这就够了。那家餐馆没什么生意，感觉快要倒闭的样子。我跟这家餐馆的老板很熟，这老板算是我见过的这么多人当中唯一的好人了，也是我这辈子唯一的熟人。我到别的餐馆去，那些老板就像看到大便一样皱起眉头，嘴里骂着："真晦气，要饭也不看看地方，要到大爷头上来了。"然后把我撵出去。

真是狗眼看人低，我又不是不给钱。

这天，我像往常一样继续我要饭的生活。

我来到了一家学校门口,看架势就知道这是一所贵族学校,气势恢宏的大门上写着"天涯市钱柜中学"几个大字。

这名字起的,一看就知道是有钱人家的孩子上的学校。

不过正好,学生有钱对我来说是好事。因为学生的钱都是父母给的,自己不赚钱的人一般不会太抠。

早上七点多,来上学的学生慢慢多了起来。

迎面走过来的是一个女孩,看样子也就十六七岁。白色的水手服,深蓝色的短裙,是那种很普通的学生制服。

我把手伸了出去。

她看了我一眼,突然从嘴里发射出一个不明飞行物,然后头也不回地继续向前走去。

我看见她的头抬得更高了。

她好像做了一件很骄傲的事。

我轻轻地用手抹掉了那口口水。

这种事,我早已经习惯了。

这次走过来的是一个个子很高的男生,耳朵上戴着耳机,脑袋似乎在跟随某种旋律轻轻摇晃着。

我又伸出了手。

那个男孩似乎没有看见我,就在我准备再上前一步更靠近他一些的时候,他突然从口袋里掏出来一张二十块的钞票,向我的铁盒里一甩。

从头到尾,他连看都没看我一眼。

我高兴得要死,这是我二十几年来,要到的面额最大的一张钞票。

贵族学校的学生就是有钱,今天运气真好,晚上可以去喝点小酒了。

我简直快乐得要疯了。

不过,突然有一种悲伤的情绪涌上心头。

为什么这些二十岁还不到的学生可以不把钱当钱,而二十多岁的我却在这儿要饭?

当然这种感觉只维持了几秒钟,我又恢复了刚才狂喜的心情。

饭还是得继续要下去,可是这之后运气就没有这么好了,我得到的不是白眼,就是看都不看我一眼。最好的时候,有个女生往我的铁盒里扔了一枚一元的硬币。

就这样,我一直在校门旁边等到傍晚。

学校的放学铃声响起,学生们纷纷拥出校门,然而依然没有几个人给我钱。看他们的样子,仿佛都在急匆匆地往家赶,急着回到他们有钱的老爸老妈身边。

这时我遇见了她,这是我第一次遇见她。

一个扎着马尾辫的女孩走了过来。

她的个子不太高,穿着学生制服,只是这制服和之前见过的那些女生的似乎不太一样。

我照例伸出了手,但心里却想着:这次是唾沫、白眼还是无视?

我没有想到,女孩居然弯下身子,蹲了下来。

本来我一直低着头,我要饭的时候从来就没抬起过头,因为我知道我一抬起头,本来想给我钱的人也没这个兴致了。

但我现在不得不抬起头了,因为这是第一个在我面前蹲下来的人,这是第一个蹲下来给我钱的人。

然后我就看到了她的脸。

我感觉自己的心都要跳出来了,这是我第一次这么近地看着一个人,还是一个女孩。

女孩挺漂亮的,尤其是那双眼睛,又大又水灵。

我就那样呆呆地看着她,我知道自己的脸一定很红。

女孩对着我微笑了一下,一种从未有过的感觉流过全身。

奇妙的舒服。

"我只能给你这么多了,我身上没带多少钱。"她边说边从裙子口袋里掏出了三个硬币,然后轻轻地放进我的铁盒里。

一股清香向我袭来,盖过了我身上发出的异味。

"我走了,拜拜。"她边说着边站起了身,然后对我挥了挥手。

我看着她向校门里面走去的背影,夕阳静静地倾泻在她乌黑的头发上,反射出纯净的光泽。

清香已经散去,她的笑脸却印在了我的脑海里。

我说不出这是怎样的一种感觉,反正我从未有过。

如果非要用我那贫乏的词汇来修饰一下,我只能说很奇妙,但很舒服。

我不知道自己这是怎么了。

第二天,我又来到那所中学的门口。

我期待再次遇见昨天那个有钱的男孩,期待着能遇到更多不把钱当回事的主儿。

然而今天没昨天那么好的运气,只要到了五六块钱。

傍晚的时候,学生们都快走完了,我准备换个地方,去那些夜总会、KTV之类晚上人多的地方。

这时,我又看见了那个女孩。

她朝着校门走过来。

我感觉自己的心在跳,剧烈地跳。

但我努力地克制住，然后伸出了手。

"咦，又是你啊？"女孩蹲了下来，然后从裙子口袋里掏出来两个硬币，放进我的铁盒里，对我说道，"不好意思哈，今天只剩这点了，全都给你了。"

奇怪的是，明明是把最后的一点钱给我，可她居然在对我微笑。

我看见了那两个浅浅的酒窝。

我知道从那一刻起，我就再也忘不掉那两个酒窝了。

此时，女孩已经站起身，朝着校门里面走去。

就这样，我每天傍晚都会在钱柜中学的门口遇见那个女孩。

而女孩每次都会蹲下来给我一块到五块钱不等。

这天晚上，我没有再去其他地方要饭，而是早早地吃过饭，就在我每晚的小窝——一座已经荒废了的大桥的桥墩下——躺下了。

因为那个女孩的出现，这一个月是我生命中最快乐的一个月。

我这二十多年的生活是那么的凄惨，从没有一个人把我当人看，人们给我钱的样子就像是随便扔根骨头给狗吃。

但是这个女孩却不一样，原来这世上还有人是把我当人看的。

我知道自己已经忘不掉这个女孩了。

难道我会喜欢上一个十六七岁的小姑娘？

我在心里苦笑。

我的确是喜欢上了她，喜欢她那柔顺的长发，喜欢她那笑起来弯成月牙的眼睛，喜欢她那浅浅的酒窝。

可是那又能怎么样呢？人家是贵族学校的学生，父母肯定是上流阶层的人，怎么会看得上我这种连狗都不如的乞丐？

可她为什么要每天都给我钱呢？而且还是蹲下来给。

我把被子裹得紧一点，夏天刚过，初秋的夜有些寒冷，当然我的被子也是捡来的。

人家不过是同情心比别人重一点而已，别自作多情了，我在心里自言自语着。

可我总感觉有些不对劲，但又说不上哪里不对劲，就在我迷迷糊糊快要睡着的时候，我突然想起来。

我想起来哪里不对劲了。

我知道这所中学没有晚自习，所以傍晚放学后学生也就全都回家了。

可是，这个女孩却总是在傍晚放学后才会出现，而且是从外面走进校门，也就是说，等别人全都回家的时候她才会来。

还有，女孩身上穿的制服和这所学校的女生制服也不一样。

我有些疑惑不解，但并没有继续想下去。

或许她是学校里哪个老师的女儿呢？

真是，我管那么多干吗。反正人家是有钱人家的女孩，我简直就是癞蛤蟆想吃天鹅肉。

我继续睡我的觉。

初秋的夜，风却很凉。

我又看见了那个女孩。

和往常一样，她在傍晚放学后出现，蹲下来朝我嫣然一笑，给我三个硬币，然后朝学校里面走去。

我实在好奇女孩为什么总是在放学后才来这所学校，犹豫好久后，分不清是好奇心还是爱情让我脑子一热，我决定跟在她后面看看。趁着保安不注意，我好不容易溜进了校门，可是我那不争气的瘸腿又在关键时刻帮了倒忙，还没走几步，我就已经被远远地甩在了后面。

没办法，我只能在偌大的校园里到处瞎逛。

这不愧是一所贵族学校，高大挺拔的教学楼和气势恢宏的足球场，在夕阳的映衬下光彩熠熠。

就在此时，一阵悦耳的音乐流进我的耳膜，我意识到这音乐是从我身旁这栋楼的二楼传出来的。

那是我这辈子听过的最好听的声音。

我完全陶醉其中，甚至忘记了自己是个乞丐，是个要饭的。

我拖着瘸腿，情不自禁地跟随着节拍一步步走上楼梯，走向这美妙音乐的源头。

上了二楼，没走几步，我便到达了传出音乐的那间教室的门口。

房门轻掩着，我轻轻地推开门，看见了世界上最美的一幕。

那个女孩，坐在钢琴前，美丽的手指在琴键上飞舞出悠扬跳动的音符。

我只能看到她的背影，她那长长的直发如瀑布般垂在后背上，偶尔会随着窗外的微风翩翩起舞。

我屏住自己的呼吸，生怕打破这绝美的场景。

不知画面定格了多长时间，我轻轻掩好门，一瘸一拐地走下楼。

以后的每天，我都会悄悄地跟着她走进校园，在那间教室的门边或者窗外听她弹奏。

我完全沉醉在美妙的音符之中。

我觉得，我没法不觉得，这个女孩已经成为我的精神寄托。

我的人生出现了第一抹亮色，是这个女孩给我涂上的。

从现在起，我的人生不再单调，不再悲惨，我有了活下去的理由。

我要为这个女孩活着，为那美妙的琴声活着……

晚上，我来到了平时吃饭的餐馆。

老板照例给了我一碗炒饭，我照例给了他三块钱。

但这次我却开口说话了。

"老板，我问你个事。"我一字一句地说道。

因为长时间没有说过话，我的脸部肌肉已经有些僵硬。

"什么？"老板对我突然开口感到很诧异。

"你知道那所钱柜中学吗？"

"知道啊。那里面都是有钱人家的纨绔子弟。"

"我想让你帮我看看一个人。"

"什么，看人？"

"嗯，明天傍晚你到那所学校附近，会看到一个女孩蹲下来给我钱，你帮我打听打听这个女孩是谁家的，家住在哪里。"我从口袋里掏出了很多很多的硬币和纸币，放到桌上，"这里是我好不容易攒下的一百块钱，就当你帮我打听的报酬了。"

第七章　调　查

中午十一点半，剩下的所有人都聚集到了螺旋庄客厅的餐桌旁，当然其中已经没有了沈亦心和张伟光，而沈青云仍旧没有露面。张伟光的尸体依然躺在螺旋塔八号房间的床上，沈亦心的尸体则被杨美琴等人搬到了螺旋庄的客厅角落，用白色的布盖了起来。

餐桌上已经没有了昨晚满汉全席般的美味佳肴，只有一些家常菜，主食则变成了馒头和粥。

这时林静娴走到孙小玲身边，微微鞠躬道："孙小姐，亦心已经不在了，这么贵重的礼物还是交还给您，您父亲的好意我们心领了。"说着，她把昨天孙小玲送给沈亦心的那块手表放到了孙小玲的手里。

宋立学在旁边看着这一切。突然，他发现这块手表的指针似乎没在动，他揉了揉眼睛，又定睛看了表盘十几秒钟，终于确认表里的三根指针都处于静止状态。

"咦，这块表坏了吗？怎么指针都不动了？"宋立学不禁问道。

"不动了？"

"嗯，昨天还是好好的。林阿姨，这块表是你从沈小姐的手腕上取下来的吗？"

"没错，"林静娴点点头，"我刚刚从亦心的手腕上取下来。"

宋立学这时想起，今天早上自己看到沈亦心的尸体时，没有注意她的手腕，便开口问道："今天早上你们看见沈小姐的尸体时，她的手腕上戴着这块表吗？"

"戴着的。"杨美琴、刘卓俊和吴沁妍异口同声地说。

"哦，那估计是沈小姐坠楼的时候把这块表也摔坏了。不过好奇怪呀，这块表从外面看完全看不出任何伤痕，表盘上也没有一点裂痕，怎么里面的指针就不动了呢？"

"孙小姐，这块表要多少钱啊，我们赔给你。"林静娴急忙开口道。

孙小玲闻言，立马明白过来林静娴误会了宋立学的意思，赶忙开口道："不不不，他不是这个意思，没关系的，这表也没多少钱，我拿回去找人修理一下就是了，这都是小事，眼下当务之急是要找到杀害沈小姐和张伟光的凶手。"

"话说，沈老爷知道沈小姐去世的消息了吗？"宋立学似乎是想转移话题，帮孙小玲缓和一下尴尬的气氛。

林静娴的脸上露出一丝苦笑："我暂时还没有告诉他。"

从昨晚到现在，宋立学一直没有见到沈青云，也无法想象沈青云得知自己宝贝女儿死亡的消息时会有什么样的反应。他拿起一个馒头，一边啃着一边观察在场的所有人。他在心里默默地把昨天到现在见过的所有人分成了四类：第一类是沈家的人，包括林静娴和已经死去的沈亦心；第二类是沈亦心邀请来参加生日宴会的高中同学，包括韩忠宇、吴沁妍、刘卓俊和已经死去的张伟光；第三类是和沈家有关的人，包括沈亦心的未婚夫李东旭、沈家的管家赵永胜、沈家的女佣杨美琴和许婷婷；第四类自然是来参加生日宴会，却没想到被卷入杀人事件的他自己和孙小玲。

这四类人当中，林静娴刚刚失去了宝贝独生女儿，自然悲痛至极，把手表交还给孙小玲之后，她就一直坐在那里双眼无神地盯着桌子上的菜，却一直没有动过筷子，仿佛失了魂一般。除她之外，最为悲痛的当属沈亦心的未婚夫李东旭，只见他默默地喝着粥，脸色冷峻，身体却在微微颤抖，似乎在强行压抑着内心的悲痛。而韩忠宇、吴沁妍和刘卓俊这三个高中同学则一直低着头默默地吃着饭菜，谁都没有说话，从他们的脸上也看不出任何的喜怒哀乐。赵永胜、杨美琴和许婷婷三个人依然静静地站在一旁，等待着众人吃完。

关于沈亦心的这些高中同学，宋立学最为好奇的是昨晚沈亦心所说的小恋到底是谁。他大概知道这个小恋跟张伟光、韩忠宇、吴沁妍和刘卓俊四个人一样也是沈亦心的高中同学，只是十几年前读高中的时候就已经死了，死亡的方式是坠楼，而这件事和沈亦心的这四个高中同学有关，沈亦心就是为了找出小恋跳楼的真相才请他们四个过来的。但至于其中具体发生了什么，和沈亦心的坠楼案、张伟光的被杀案之间到底有没有关系，这几个人都支支吾吾，不愿提及，只能找个适当的机会再单独找他们打听了。

宋立学转头看向坐在身旁的孙小玲，只见她正用筷子夹着一块肉往嘴里塞，似乎挺有食欲的样子。这也难怪，他知道孙小玲虽然身材非常瘦削，但却是个不折不扣的大胃王，对食物毫无抵抗力，现在又饿了一上午，自然胃口大开。

午餐在令人尴尬的沉默中进行着，而率先打破这沉默的是刘卓俊。

已经喝完一碗粥并且吃了两个馒头的刘卓俊摸了摸肚子，目光来回扫视着坐在餐桌边的众人，开口道："吃饱喝足，也该说说今天发生的事情了。我想在座的各位和我一样，还从没有经历过这种事情。就在今天凌晨，我们的两个好朋友接连被人残忍地杀害，他们一个从高空坠落，一个被重物砸死，死状都很凄惨。而我们，直到现在依然不知道凶手是谁，不，我们甚至不知道凶手是如何像幽灵一般杀害他们两人的。更可恶的是，凶手还切断了通往外界的唯一道路，使我们被困在这里，无法向外界寻求帮助。因此现在我们能做的，只有依靠自己的力量找到凶手，破解这两起案件的真相，然后再想办法离开这里。李先生，您说呢？"

说着，刘卓俊把目光转向了李东旭。

一直没说话的李东旭微微点了点头，说道："我不管凶手是谁，是妖精还是怪物，我们都必须把他给找出来，否则任何人也别想离开这里。"

李东旭说话的声音并不大，但那低沉肃穆的语气让他的话像锤子一样，每个字都敲打在众人的心里。

毕竟，现在的李东旭可是青云集团的实际掌控者，是天涯市最有钱有势的人之一，这里坐着的其他人是不敢得罪他的。

刘卓俊微微一笑："我们还是再来梳理一遍今天发生的所有事情吧，我来总结一下，你们帮我看看有没有什么遗漏，可以补充。首先是早上七点左右，杨姐在螺旋塔外侧的地面上发现了亦心的尸体，接着她去螺旋塔里叫醒了除伟光以外的所有人。我们到达现场后，我对亦心的尸体进行了初步的检验，确定了亦心的死亡原因是坠楼导致的剧烈撞击，死亡时间是昨晚十二点到今天凌晨三点之间，另外我们还根据亦心的尸体位置和损伤情况，判断出她是从螺旋塔最顶层的十二号房间坠落的。于是我们接下来便一起去了十二号房间，也就是那个玩具屋，结果却发现玩具屋的房门是从内部用插销插上的，于是赵管家从仓库找来电锯才终于把门弄开。然而进入玩具屋以后，我们发现房间里面根本没有人。接着我们仔细检查了玩具屋，排除了玩具屋存在暗道的可能，这样一来，玩具屋与外界相通的唯一出口就只有大开着的窗户了，可是窗户离地面有四十多米的距离，螺旋塔的外壁又非常光滑，凶手到底是如何通过窗户逃走的呢？我们思前想后，觉得只有一种可能：凶手借助绳子从玩具屋下到了正下方十几米的八号房间。而做到这一点需要非常健壮的体质，巧的是八号房间里住的伟光恰好是个健身狂人，体格非常健壮，是我们这些人当中唯一有可能完成这种高难度操作的。而且更加奇怪的是伟光一直都没有现身，之前不论我们怎么敲他的房门都没有回应。于是我们自然而然地对伟光起了疑心，便又一起来到了八号房间的门口，这一次我们发现八号房间和十二号房间一样，房门里面的插销是插着的，便只好故技重施，再次使用电锯打开了门。

"当我们进入房间后，才终于知道了伟光一直没有回应的原因——他也已经变成了一具尸体。经过我的检验，伟光的死亡原因是被哑铃重击胸口导致的心脏破裂，而死亡时间也是在昨晚十二点到今天凌晨三点之间。从杨姐的叙述当中我们知道，作为凶器的这个哑铃原本是放在螺旋庄东侧的健身房里的健身器材，我们暂时还不清楚，是凶手把哑铃带了进来，还是伟光自己把哑铃带了进来，凶手只是顺手将它作为杀人凶器而已。鉴于伟光是个狂热的健身爱好者，所以我们觉得后者的可能性很大。不过这些都不重要，重要的是八号房间的房门和窗户都是从内部反锁着的，而我们仔细检查后确认房间没有暗道，这么一来，可以说八号房间是个不折不扣的'完全密室'，而伟光的死则是一起'完全密室杀人事件'。

"此时我们再回过头来看亦心的死，当我们发现伟光也被杀死的那一刻，那唯一的可能性——伟光在推落亦心之后，使用绳子从十二号房间的窗户回到八号房间的推测便被推翻了。那么亦心到底为什么会从房门反锁着的十二号房间坠落呢？假如不是自杀的话，那么推落亦心的凶手到底是如何离开十二号房间的呢？如果我们说八号房间是个'完全密室'的话，那么十二号房间就可以叫作'高塔密室'，亦心的死则是一起'高塔密室杀人事件'。也就是说，昨晚的螺旋塔，在十二点到三点这短短的三个小时之内，接连发生了两起密室杀人事件。"

说完，刘卓俊又舀了一勺粥喝了下去，似乎是要让因为长时间说话有些沙哑的喉咙润滑一些。

"以上就是我对今天发生的事情的总结，大家有什么要补充的吗？"

没有人说话，所有人都只是沉默地听着刘卓俊的叙述。

"如果各位没什么要补充的话，那么接下来就进入第二个环节了。"刘卓俊继续说道，"鉴于亦心和伟光都是死于昨晚十二点到今天凌晨三点这三个小时之间，所以请各位分别说一下自己昨晚这三个小时之间都在干什么。就从我开始好了，昨晚十点多我选好房间之后觉得有些累，便洗了个澡然后上床睡觉了，结果没想到夜里突然醒了。当时我看了看手机，是夜里十一点三十五分，醒来之后我变得精神十足，怎么也睡不着了，于是我便起床想找点事情做。我走出房间，沿着螺旋楼梯下来，走出了螺旋塔，来到螺旋庄的客厅里，结果却看见沁妍和忠宇两个人正在沙发上坐着下象棋。他们看到我来了之后便招呼我一起玩，于是我们仨便一边聊天一边下象棋，一直玩到凌晨一点半左右，然后沁妍说她困了，我们便散伙各自回房间休息了。"

"等等，你们是从几点开始下象棋的？"宋立学问道。

"我和沁妍是十一点半左右开始玩的，卓俊大概是十一点五十加入的，对吧？"韩忠宇一边说着一边看向吴沁妍。

"唔，应该是的。我和忠宇下午便说好晚上要切磋一下棋艺，我们几个高中的时候都是学校象棋社的成员，当年经常一起下棋，这么多年未见，这次遇上了自然要切磋一下，看看各自的棋艺水平是进是退。"

宋立学称赞道："没想到你们这么厉害，看来都是象棋高手啊。可我还是不懂，三个人怎么下棋？象棋不是两个人下的吗？"

"当然是两个人下棋，一个人观棋啦，然后谁输了就换另外一个人来下，输的人就变成观棋者了。"

"也就是说，你们仨从十二点到一点半这段时间一直在一起下象棋是吧？没有人中途离开过吗？你们下棋的时候会不会太过专注，以至于忽视了边上观棋的人的行动？"

"那倒不会，再怎么专注，坐在身边的人如果有什么动静还是不可能注意不到的。不过我记得昨天下棋的时候……忠宇你是不是突然肚子疼来着？"

"对。"韩忠宇似乎有些不好意思地说，"我向来肠胃不好，昨天下棋下到一半，我突然觉得肚子很疼，要拉肚子，便让卓俊先替我下，自己则回螺旋塔的房间解决了一下个人问题。"

"为什么要回自己的房间？我记得螺旋庄里有公共卫生间的啊。"

"因为我用不惯公共卫生间的马桶。"韩忠宇一脸无奈地说，"我几乎很少在外面上厕所，如果能回家上厕所的话一定要回家上。"

"看不出来你还有点洁癖嘛，你上厕所大概一共用了多长时间?"

"这个我不太记得了。"韩忠宇摇摇头。

"三十五分钟。"刘卓俊开口道,"我记得很清楚。我来了之后不久忠宇就说他肚子疼,要去上厕所,当时我看了下手机是十二点十分,而他回来的时候我刚好和沁妍下完一盘棋,那时候我看了一眼客厅墙上的挂钟,是十二点四十五分左右。"

"你看时间倒是看得挺勤快啊。"

刘卓俊微微一笑道:"这也是我做法医养成的职业习惯,对时间非常敏感。"

"做法医还真是不简单啊。"一直低头吃着东西的孙小玲突然冒出来这么一句。她擦了擦嘴,把目光转向韩忠宇,笑着说:"话说你上厕所还真是够慢的呢。"

"没办法,肠胃不好的人都这样。"

"哈哈,好像确实是这样。"孙小玲望着宋立学一边笑一边说。

"你看我干吗?"宋立学不敢直视孙小玲的眼神,只能转移话题道,"也就是说,昨晚从十二点到一点半之间你们三个都在一起下棋,除了十二点十分到十二点四十五分这段时间,韩忠宇离开了三十五分钟以外,其他时间你们都可以互相做不在场证明是吧?"

"没错。"刘卓俊点点头。

"那么一点半到三点的这一个半小时呢?"

"我回到螺旋塔之后很快就睡着了,直到第二天早上被杨姐叫醒。"

"我也是。"吴沁妍和韩忠宇异口同声地说道。

"也就是说,凌晨一点半到三点的这段时间里,你们三个人都没有明确的不在场证明是吧?"

"可以这么说。"刘卓俊、韩忠宇和吴沁妍一起点了点头。

"好了，接下来该我说了。"宋立学接着说道，"昨晚我和刘医生一样，也是选好房间就睡了，大概十一点四十五分左右，不知道是不是因为做噩梦的关系，突然醒了，然后就睡不着了。我想玩会儿手机吧，这里又没信号，于是我起床翻了翻桌上的那几本杂志，但是那几本杂志都挺无聊的，我没看几眼就放下了。这时我突然想到昨晚参观螺旋庄的图书室时，看到了不少哲学方面的书，便想去看看。于是我走出房间，走下螺旋楼梯，然后出了螺旋塔，来到螺旋庄西侧的图书室，却意外地看到小玲也在图书室里。她正站在书架前，手里拿着那本被烧过的笔记本聚精会神地看着，我便走过去和她聊了一会儿……"

"你说的这些大概都是什么时候的事？有没有稍微具体一点的时间点？"刘卓俊打断了宋立学的话。

"我走到螺旋塔一楼门厅的时候，外面突然雷声大作，下起了暴雨，那时候我看了下手机，正好是十二点，于是我冒雨冲出螺旋塔的大门，冲进螺旋庄的图书室，然后看见小玲，跟她聊了大概五分钟，我便去找哲学类的书了，之后我一直在图书室里看书，当然小玲也在。"

"那你们是什么时候离开的呢？"

"我记得正好是雨停的时候，小玲说她困了，要回去睡觉，然后便离开了，那时候是几点来着？"宋立学努力地回想着昨晚的场景，但一旁的孙小玲先开口道："是十二点半，那时候我正好看了下时间。"

"哦对，十二点半，小玲就是那时候回去的，这之后我在图书室里又看了大概三十分钟的书，一直到一点左右才回房间。"

"咦，原来昨晚你们俩在图书室啊，我说怎么偶尔能听到图书室里有动静，我还以为是啥野猫窜进来了呢。"吴沁妍瞪大眼睛说道。

"也就是说，昨晚十二点到十二点半的这半个小时，你和孙小姐两个人一直待在图书室里，两人可以相互作证，但十二点半左右两人分开之后就都没有明确的不在场证明了，是吧？"刘卓俊问道。

"可以这么说。"宋立学点点头。

"下面我来说吧。"李东旭扶了扶自己的眼镜，准备开口。

"李先生您就算了吧，我知道您现在的心情……"

李东旭打断了刘卓俊的话："不，我也是嫌疑人之一，这里在座的每个人都有可能是杀害亦心和张伟光的凶手，我也不例外。只有每个人都配合调查，才能尽早找出真正的凶手。昨晚晚宴结束之后，亦心说她有些累，先回房间休息了，我陪各位聊了会儿天，没多久也回房间休息了。这之后我一直在自己的房间里看书，等赵管家把各位的房间安排妥当之后，我便去了螺旋庄里赵管家的房间，在那里和他商量有关下个月婚礼会场布置的事情，没想到一聊就聊到了将近一点钟。我一看时间不早了，便赶忙向赵管家说了晚安，之后便回螺旋塔的房间睡觉了。"

"您和赵管家分开大概是在什么时间？"

"大概是十二点五十分吧。"

"也就是说李先生昨晚十二点到十二点五十分这段时间里一直和赵管家在一起？"

"没错。"一旁的赵永胜点点头，"这个我可以做证。"

"好的，那也就是说李先生和赵管家在十二点到十二点五十分这五十分钟都有明确的不在场证明，但是这之后就都没有了是吗？"

"不，"赵永胜摇摇头，"这之后我去找杨姐，把客房的钥匙还给了她，然后帮杨姐和婷婷一起收拾卫生以及准备第二天的饭菜，是吧杨姐？"

"没错。昨晚大家都散了之后，我和婷婷一直在收拾东西、打扫卫生，并且为第二天的饭菜做准备。后来赵管家过来把客房的钥匙还给了我，顺便也帮我们一起干活，我们三个一直忙到一点十分左右。说起来，你们几位昨晚应该都看到过我们几个吧？"

"哦，是的。"吴沁妍点点头，"昨晚我们下棋的时候确实看到杨姐和婷婷在客厅和厨房里忙来忙去的，后来赵管家也过来了。"

"你们一直忙活到一点十分，那这之后呢？"

"之后我们就各自回房间睡觉了。昨天累了一天，上床以后我很快就睡着了，应该不超过十分钟就入睡了。"赵永胜回答道。

"我也是，很快就睡着了。"

"我也是。"

杨美琴和许婷婷异口同声地点点头说道。

"你们俩住一个房间吗？"宋立学朝两位女佣问道。

"不，我们各自有各自的房间，不过我们的房间就在隔壁。"杨美琴指了指客厅的东边，那里确实有两扇并排的一模一样的房门。

"好吧，这么说来，杨姐和婷婷应该是十二点到一点十分这段时间里有明确的不在场证明，两人可以相互做证，我们三个也可以做证，但是一点十分之后就没有了。"刘卓俊开口道，"赵管家则是在李先生离开之后的十二点五十分到一点十分之间依然有明确的不在场证明，之后就没有了。"

此时，宋立学已经在脑海里描绘出了一张表，表中记录了每个人刚刚陈述的昨晚的行动情况。

沈亦心、张伟光的遇害时间	12：00-3：00（凌晨）
刘卓俊	12:00-1:30之间和吴沁妍、韩忠宇一起下棋，有明确的不在场证明，但1:30-3:00之间没有明确的不在场证明。
吴沁妍	12:00-1:30之间和韩忠宇、刘卓俊一起下棋，有明确的不在场证明，但1:30-3:00之间没有明确的不在场证明。
韩忠宇	12:00-1:30之间和刘卓俊、吴沁妍一起下棋，但12:10-12:45之间离开另外两人，理由是回自己的房间上厕所，这35分钟内没有明确的不在场证明，并且1:30-3:00之间没有明确的不在场证明。
宋立学	12:00-12:30之间和孙小玲一起在螺旋庄的图书室里看书，有明确的不在场证明，但12:30-3:00之间没有明确的不在场证明。
孙小玲	12:00-12:30之间和宋立学一起在螺旋庄的图书室里看书，有明确的不在场证明，但12:30-3:00之间没有明确的不在场证明。
李东旭	12:00-12:50之间在螺旋庄的赵永胜房间里和赵永胜商量婚礼会场相关事宜，有明确不在场证明，但12:50-3:00之间没有明确的不在场证明。
赵永胜	12:00-12:50之间在螺旋庄自己的房间里和李东旭商量婚礼会场相关事宜，有明确的不在场证明，12:50-1:10之间帮助杨美琴和许婷婷一起收拾东西、打扫卫生、准备饭菜，被吴沁妍等人目击，有明确的不在场证明，但1:10-3:00之间没有明确的不在场证明。
杨美琴	12:00-1:10之间在螺旋庄的客厅和厨房跟许婷婷一起收拾东西、打扫卫生、准备饭菜，被吴沁妍等人目击，有明确的不在场证明，但1:10-3:00之间没有明确的不在场证明。
许婷婷	12:00-1:10之间在螺旋庄的客厅和厨房跟杨美琴一起收拾东西、打扫卫生、准备饭菜，被吴沁妍等人目击，有明确的不在场证明，但1:10-3:00之间没有明确的不在场证明。

可以看出，这里所有人在十二点到三点这三个小时之间都没有完整的、明确的不在场证明，这也难怪，毕竟已经是深更半夜了，很少会有人直到凌晨三点还不回房间睡觉的。另外，这份记

录的真实性建立在凶手是独自一人作案的前提下，如果凶手有同伙，难保不会相互串通好，一起作伪证，这样一来，所谓的不在场证明调查就毫无意义了。

突然，坐在宋立学旁边的孙小玲开口道："昨晚各位在螺旋庄里的时候有听到什么奇怪的声音吗？比如人的呼喊声之类的。"

众人纷纷摇了摇头，表示没有听到什么奇怪的声音。

孙小玲站起身来，转身走到客厅的后门口，打开门，对宋立学招了招手道："你过来。"

宋立学不知道孙小玲要干什么，但知道她一定是想到了什么，便乖乖走到客厅的后门口，站在孙小玲的身旁。

"你站在这里别动，一直等我回来都别动。"说完，孙小玲便走出了客厅，然后关上了后门。

宋立学只好不明就里地站在门后，等着孙小玲回来，而坐在餐桌旁的众人则目瞪口呆地看着这一切。

过了四五分钟，后门响起了敲门声。宋立学打开门，见孙小玲站在门口，宋立学正准备问她怎么回事，没想到孙小玲先开口问道："怎么样，听到声音了吗？"

"声音？"宋立学愣了一下，"什么声音？"

"刚刚我离开的这段时间里，你有听到我的叫声吗？"

"叫声？"宋立学完全摸不着头脑，"没有啊，我什么声音也没听到。"

"好的，我知道了。"孙小玲点了点头，然后走回餐桌旁，对在座的其他人问道，"你们刚刚听到我的叫声了吗？"

所有人都摇了摇头。

"这到底是怎么回事？"宋立学也重新坐回餐桌旁，"你能不能对大家解释一下你刚刚在干什么？"

"我做了一个实验。"孙小玲微微一笑道,"刚刚我跑到螺旋塔下面,对着螺旋庄的方向大声喊了一分钟左右,但是你们却完全没有听到我的喊叫声。"

"什么?你为什么要做这个实验?"

"我在想,昨晚沈小姐在坠楼的过程中如果有大声呼喊出来的话,会不会被螺旋庄里的人听到。既然螺旋庄里的各位都没有听到任何声音,就表示沈小姐坠楼的时间在各位都回去睡觉以后。但刚刚的实验证明:即使在螺旋塔那边大喊大叫,螺旋庄里也听不到任何声音。这可能是因为螺旋庄离螺旋塔有一段距离,而且螺旋庄的门和墙壁都相当厚实,导致隔音效果很好。既然如此,那么声音也就没法作为推理的因素了。因为不管沈小姐是什么时候坠楼的,螺旋庄里的人们都听不到任何声音。"

"你刚刚的推理都是基于沈小姐坠楼的时候大声呼喊出来的前提,如果凶手事先把沈小姐打晕,再把她推下楼,那就连叫喊的声音都没有了,只有落地的那一瞬间会发出一些声响。"

"是的,所以我也只是随便做个实验,果然最后也没得出什么有用的结论。我们现在对于沈小姐坠楼的具体时间,以及沈小姐坠楼的时候神志是否清醒依然一无所知。"

这天晚上,宋立学回到自己住的九号房间后,便倒在床上,回想着今天发生的事情。

这是他人生中第一次亲眼见到真的尸体,而且还一次性看到了两具。沈亦心和张伟光的脸庞依然不时浮现在宋立学的脑海里。从某种意义上说,他们俩的死法很相似,都是身体突然遭受到巨大的冲击,只不过冲击力的来源不同:一个是地面,一个是哑铃。

关于这两起案子，宋立学在心里默默总结出了以下几个关键点：

密室。这是两起案件最核心的难点。沈亦心是从螺旋塔的十二号房间玩具屋的窗户坠落的，而玩具屋的门又是从里面用插销反锁着的，玩具屋本身也没有任何密道，也就是说除了沈亦心坠楼的窗户外，玩具屋没有任何其他与外界相通的出入口。然而玩具屋的窗户离地面有四十多米高，凶手根本不可能通过这扇窗户出入玩具屋。另外，张伟光所在的八号房间的房门也是从内部用插销反锁着的，也没有任何暗道，连窗户也是用月牙锁锁着的，处于完完全全的密室状态。这个凶手到底使用了什么样的诡计才能在三个小时之内接连制造两起密室杀人案？

动机。这里的动机包括两个方面的含义：一是凶手为何要杀害沈亦心和张伟光这两个人；二是凶手为何这么着急要在三个小时之内连续杀害沈亦心和张伟光。关于第一点，表面上看，沈亦心和张伟光是高中同学，而且他们很可能都和很久以前一个叫"小恋"的女孩跳楼的事件有关，难道这就是凶手杀害他们的动机吗？这样一来，凶手只可能是刘卓俊、韩忠宇或者吴沁妍其中之一，因为这里只有这三个人和他们是高中同学，而且很可能知晓当年那个女孩坠楼的内情。不对，如果这三个人也和那个女孩坠楼的事情有关的话，那岂不是他们也会成为凶手的目标？宋立学的脑海里浮现出不好的预感，难道凶手接下来还要继续杀人吗？他努力将这股不安压了下去，暗自决定明天一定要去找刘卓俊、韩忠宇、吴沁妍三人中的一人，把那个名叫"小恋"的女孩的事情问个清楚。接着，他调整思绪，又回到了刚刚的思路，开始思考为何凶手要连续杀害沈亦心和张伟光。从凶手的心理来说,最有可能的原因是凶手复仇心切,所以要一次性把两个人都杀掉。突然,宋立学想到曾经在一本侦探小说当中看过,凶手为了掩盖杀人的真实动机,不惜杀害另外几个人,从而混淆警方的视线,将警方的调查方向从真正的杀人动机上引开的手法。难道说凶手的真正目标只有沈亦心一个,杀害张伟光的目的仅仅是为了混淆我们的视线,让我们猜不透他的真实动机,其实张伟光和凶手半毛钱关系没有?不对,这种说法把两人调过来也可以,也许凶手的目标是张伟光,杀害沈亦心才是伪装。啊啊啊啊,宋立学使劲摇晃着自己的脑袋,这时他才发现,直到现在,他还不知道沈亦心和张伟光到底哪个是先被杀害的,到底哪个才是凶手的真实目标,还是说凶手就是两个人都要杀,不存在什么伪装不伪装的?宋立学知道这是一个死胡同,在没有更多线索的情况下,继续想下去只会陷入死循环罢了。算了,暂时先放下动机的问题,先来考虑凶器的问题好了。

凶器。在沈亦心的案子当中,沈亦心是坠楼撞击地面而死的,没有凶器一说,如果硬要说的话,凶器可以说是地面,但这没什么值得思考的。问题是张伟光被杀案当中的凶器——哑铃。张伟光作为一个健身狂人,这个哑铃十有八九是他自己从健身房拿过来的,八号房间里出现的健身球也可以佐证这一点。宋立学猜测,张伟光很有可能是看到健身房就忍不住想去锻炼,在健身房里锻炼还不够,还把哑铃和健身球带回房间里继续锻炼。但问题是,为什么凶手会选择哑铃作为凶器?哑铃并不适合作为凶器,首先它过于沉重,普通人光是把它拿起来就非常费力了。宋立学在心里暗忖:一个三十公斤的哑铃,如果是自己这种从不锻炼的宅男的话,可能提都提不起来,更别说拿它砸人了,可能还没砸出去自己胳膊就先折了。这么说来,能够用哑铃砸死张伟光的应该是个男人，他实在难以想象现在螺旋塔和螺旋庄里的这几个女人有力气把这哑铃提起来。除了过于沉重以外，哑铃本身的形状也不适合用来杀人，不，应该说这类重物用作凶器的话，杀人效率都不高，远不如匕首之类的来得高效简洁。既然如此，凶手为什么还是要选择用哑铃来杀人呢？唯一可能的解释就是：凶手杀害张伟光是临时起意的偶然事件，而不是蓄谋已久。这和哑铃是张伟光自己拿回房间，而不是凶手带进去的想法也是一致的。宋立学的脑海里浮现出这样的画面：凶手来到八号房间和张伟光谈论着什么，说着说着两人起了争执，这时凶手突然看到张伟光放在地上的哑铃，一怒之下拿起哑铃对着张伟光的胸口猛砸下去。不对不对，这样也不对，因为张伟光被发现时是躺在床上的，如果凶手在别的地方砸破了他的胸口，再把他移到床上的话，那么一定会在别的地方留下血迹。然而从现场的情况来看，只有床单上有一大块血迹，其他地方的血迹非常少，张伟光的尸体也没有被移动过的迹象。刘卓俊今天也说了，张伟光是在睡梦中被人砸死的。宋立学的眼前又浮现出另外一个场景：张伟光平躺在床上睡得正酣，凶手举起放在地上的哑铃，朝张伟光的胸口重重地砸下去……不对不对，这也不对，这样一来凶手岂不是又变成有预谋地杀人了？既然是有预谋地杀人，为啥不自己事先带把刀呢？为什么要用张伟光偶然带进房间的哑铃来杀人呢？宋立学越想越乱，觉得这条线也没法继续思考下去了，只好暂时作罢，继续思考下一个疑点。

钥匙串。张伟光的钥匙串为什么会掉在地上？从桌子上的锈迹来看，这串钥匙曾经被放到那张白色桌子上，但宋立学等人进入八号房间的时候，钥匙串却在地上，就在那张桌子旁边的地面上。如此看来，在众人进入八号房间之前，钥匙串应该是从桌子上掉落到了附近的地面上。问题是，到底发生了什么导致钥匙串掉落呢？巧的是，他们发现那张白色方桌的一个桌腿比另外三条桌腿要稍微短一些，导致桌子不稳，容易晃，所以最有可能是桌子晃动，导致钥匙串从桌子上滑落到地面上。那么桌子为什么会晃呢？最有可能的是有人碰到了桌子。但问题是，那张白色的方桌在房间的角落里，一般人很难会碰到它。宋立学在脑海里回想着八号房间的布局，突然他想起白色方桌虽然在角落里，但其中一个桌角却延伸到了窗户边缘的前方。难道是有人出入窗户的时候不小心碰到了桌子？不对不对，八号房间的窗户是从里面用月牙锁锁着的，而且这扇窗户少说离地面也有二三十米的距离，根本不可能有人通过啊。这样想着，他的思路又走进了死胡同。

这时宋立学才发现，密室、动机、凶器、钥匙串这四个疑点他想了一晚上依然没想出任何头绪来，不论哪一个疑点随着思考的深入都会陷入死胡同。

算了，时候不早了，明天问问孙小玲的看法吧。宋立学知道孙小玲一定会有一些不一样的想法，甚至搞不好已经看破凶手的诡计和身份了，毕竟这位天才美少女的推理能力他是亲眼见识过的。

就这样，他一边回忆着去年在"岛田号"上和孙小玲的初遇，一边进入了梦乡。

第八章　再　起

九月十六日上午七点二十分，螺旋塔。

不知为何，今天的宋立学醒得比平时都要早，虽然脑子里像灌了铅一样沉重，整个人都晕晕沉沉的，但他知道无论如何自己都无法再入睡了。大概二十分钟后，他洗漱完毕，走出了九号房间，沿着螺旋楼梯往下走去，准备去螺旋庄里吃个早饭。

当他快走到四号房间门口时，看见四号房间的门口站着好几个人，分别是李东旭、赵永胜、杨美琴和许婷婷。

"你们这大清早的都在这儿干吗呢？"宋立学好奇地问道。

"啊，是宋先生啊。"李东旭回过头，招呼道，"你怎么起得这么早？"

"不知道为什么今天醒得特别早，然后就睡不着了，索性就起床了，你们这是在干吗？"

"不知道为什么，伯母今天没有和平时一样七点半准时去客厅里吃早饭，所以杨姐她们来她的房间喊她，但是一直喊到现在都没人回应。"

"是的，"一旁的杨美琴点点头，眼神里充满担忧，"夫人每天早上七点半都准时下来吃早饭，从没迟到过，不知道为什么今天到现在还没醒。"

"门能打开吗？"

"没法开，里面的插销是插着的。"

宋立学脸色一变，一股不祥的预感涌上心头，逐渐侵占了他的全身。这时，一旁的李东旭开口道："赵管家，你昨天那个电锯呢？直接破门而入吧。"

"这，这不太好吧，万一夫人只是睡着了，岂不是……"

"别担心，有什么责任我来承担，你尽管去拿电锯好了。"

"好吧，"赵永胜点点头，"也没别的办法了。"说着，他便转身走下了螺旋楼梯。

没过几分钟，赵永胜拿着电锯回到了四号房间的门口，按下了开关，大约十五分钟后，四号房间的门终于被打开了。

一打开门，映入众人眼帘的便是倒在窗边的林静娴。

"夫人！"杨美琴第一个冲了上去。紧接着，其他人也都一齐冲到了林静娴的身旁。

只见林静娴的额头上有一个裂开的伤口，暗红色的鲜血还在缓缓地从伤口流出。

"夫人，夫人，你怎么了？"杨美琴不断地叫喊着，只是无论她如何叫喊，林静娴依然闭着眼睛，没有任何反应。

宋立学伸出手指，探了探林静娴的鼻息，然后摇摇头说道："沈夫人已经去世了。"

"不、不可能。"李东旭似乎不敢相信眼前的事实，大喊道，"这不可能，不可能！"

一旁的赵永胜对许婷婷说道："婷婷，你去把客房里的各位都叫醒，最重要的是一定要把刘医生带来。"

许婷婷心领神会地点点头，转身走出了四号房间。

"咦，这是什么？"宋立学发现林静娴身旁的地面上有很多碎玻璃碴，而在这些玻璃碴的附近有一个黑色的圆饼状物体，上面印着白色的数字"15",只是这白色的数字已经有很大一部分沾染上了红色的血迹。

"这是杠铃片。"赵永胜瞪大了眼睛,满脸惊讶,"这不会又是健身房里的吧?"

"我去看看。"赵永胜话音刚落,杨美琴便已转身走出了四号房间。

不一会儿,杨美琴回到众人身边,开口道:"健身房里确实少了一块十五公斤的杠铃片。"

"先是哑铃,现在又是杠铃片,凶手为什么总是喜欢拿健身房里的器材当杀人的凶器?"

没有人能回答赵永胜的问题。

就在这时,许婷婷带着刘卓俊等人走进了四号房间。

刘卓俊径直走到林静娴的尸体旁,先探了探鼻息,确认林静娴已经死亡。他摇了摇头,轻轻叹了口气,然后便开始检查林静娴额头上的伤口。

"沈夫人是死于头部重击,死亡时间是昨晚十二点到凌晨三点之间。"此时,刘卓俊已经看到了一旁地面上的杠铃片,"看样子,凶器应该就是这个杠铃片了。"

眼前这个杠铃片的直径大约二十厘米,通体呈黑色,中间有一个圆形的空洞,四周还均匀分布着三处用于手握的空心部分,一眼看上去有点像汽车的方向盘。宋立学伸出手,想试试这个杠铃片到底有多重,但没想到重量远远超过了他的预期,他费了很大力气才把它从地上拿起来。

"原来十五公斤是这么重的吗?"宋立学一脸尴尬,只见一旁的孙小玲正带着揶揄的表情似笑非笑地看着他,便赶忙转移话题道:"那砸死张伟光的三十公斤的哑铃岂不是更重,凶手为什么老是用这么重的东西当作凶器?"

然而,在场的人并没有理会他,而是都把目光转向了房间的窗户。

在林静娴尸体附近的地面上有很多碎玻璃碴,而这些碎玻璃碴的来源则是房间的窗户——在四号房间窗户玻璃的上半部分有一个很大的破洞,洞的周围还有很多裂缝。

"为什么窗户上会有一个这么大的破洞?"韩忠宇开口道,"看地上这些玻璃碴,窗户应该是被人从外面打破的。"

"被谁打破的?"

"那还用问,当然是凶手。"

"可这里是四楼啊,离地面有十几米高,凶手要怎么才能打破这里的窗户?"

"可能是扔石头吧。"

"就算是一块小石子,因为地球重力的存在,也不太可能扔得这么高吧?何况要造成这么大一个破洞,一块小石子肯定是远远不够的。"

"没错,再说现场并没有任何石头之类的东西。"

"既然不知道凶手是如何打破窗户的,那就先想想凶手为什么要打破窗户吧。按理说,一般一个人打破窗户,肯定是为了通过它,可是眼前的这个洞好像还没大到能让人穿过的地步吧?"

"确实,这个洞穿过一个人的头还可以,要穿过整个身子根本不可能啊。"

"会不会凶手并不是利用这个洞来穿过身体,而是把手伸进洞里,然后打开窗户里面的月牙锁,这样便可以直接打开窗户进入房间了。"

"可这个洞位于窗户的上半部分,离月牙锁的位置还有好长的一段距离,这得多长的胳膊才能从破洞一直伸到月牙锁这里啊?"

"唔,也对,如果凶手是想利用破洞伸手进来打开月牙锁的话,就不会在这个位置砸个洞了,要砸也是在月牙锁的附近砸啊。"

"不仅如此,最难解决的还是高度的问题,这里离地面十几米高,就算这个洞再大,凶手也没法从外面穿洞而入吧?"

刘卓俊点了点头。"你们说得都有道理,确实,无论从哪个角度都无法解释这个破洞的由来。"

宋立学一直死死地盯着地下的杠铃片,突然他的脑海里闪过一幅画面:杠铃片从外面砸破了窗户,然后顺势砸中了站在窗边的沈夫人的脑袋。

"等等,你们说,这个洞会不会是凶器造成的?"宋立学开口道。

"什么?你是说窗户是被这个杠铃片砸破的?"

"嗯,会不会是杠铃片从外面砸破了窗户,然后砸到了沈夫人的额头?"

"这,这怎么可能,你在说什么……"韩忠宇满脸惊讶的表情,"十五公斤重的杠铃片,怎么砸破十几米高的窗户?"

"我也觉得不可思议,但是从现场的情况来看,难道还有别的可能吗?"宋立学指了指窗户上的月牙锁,"这个房间的门是从里面反锁着的,刚刚我们都见识过了。你们看这扇窗户的月牙锁也是反锁着的,所以这个现场看上去又是一个不折不扣的密室。"

——又是密室。

从昨天到现在,宋立学的脑海里已经回放过无数遍这个词。

他接着说道："结合沈夫人尸体所在的位置，现场的杠铃片、碎玻璃碴和窗户上的破洞来看，最有可能的情形就是我刚刚说的：杠铃片从外面砸碎窗玻璃之后又砸中了沈夫人的额头。只有这种情况才能解释密室之谜。"

韩忠宇开口道："可这样并没有解开密室之谜，因为高度的问题仍然没有解决，反而更加不可思议了——十五公斤重的杠铃片到底是怎么飞过来砸碎玻璃的？这里可是四楼，离地面足足有十几米的高度。"

一旁的吴沁妍插话道："会不会是有人站在地上，对准这里的窗户用力地扔出杠铃片……"

刘卓俊摇摇头："谁有这么大力气，能够把一个十五公斤重的杠铃片扔这么高？刚刚忠宇也说过，就算是一块小石子，想要扔十米高都很困难吧，何况是这么重的杠铃片，我估计一般人连举都举不起来。而且凶手不仅要把杠铃片扔这么高，还要让杠铃片在砸中窗户的时候保持较高的速度才行，这样才能在砸碎窗户之后还能继续击中沈夫人的额头，这对于普通人来说几乎是不可能完成的事情。"

"难道凶手真的有超能力，不仅能穿墙而过，而且力大无穷？"吴沁妍喃喃自语道。

刘卓俊有些不耐烦地看着吴沁妍说道："你怎么又在瞎说，都说过这世上没有超能力，凶手一定使用了什么诡计。"

"那你说这么重的杠铃片是怎么飞过来的？总不会是凭空冒出来的吧？"吴沁妍大喊着，眼睛里似乎又开始有了泪花，"我真的受不了了，这地方真的太恐怖了，先是亦心，再是伟光，现在连沈夫人都……我要回家，我要回家，我一分钟都待不下去了！"

"你有本事就自己回去啊，你以为我们不想回去吗？问题是现在能回得去吗？"韩忠宇似乎情绪也很激动。

"好了好了，"一旁的刘卓俊开口道，"没人想待在这里，但现在既然回不去，那就别说没用的，如果有谁想出了离开这里的办法再说，不然说了也没意义。"

"相比于杠铃片怎么飞过来的问题，我更想知道的是为什么沈夫人会出现在这个位置。"一直没有开口的孙小玲突然说道。

"是啊，"刘卓俊点点头，"夜里十二点到三点，这个时间正常人应该都在睡觉吧？然而沈夫人的尸体并不在床上，而是在窗户旁边。"

"也就是说，沈夫人死的时候，应该是站在窗户旁边的，而凶手抓住这个机会，使用了某种我们不知道的方法，朝四号房间的窗户扔出了重达十五公斤的杠铃片，杠铃片砸碎窗户后又击中了沈夫人的额头，导致了沈夫人的死亡。那么现在问题有两个：一是为什么深夜里沈夫人要站到窗户旁边，二是凶手如何让杠铃片砸中十几米高的窗户。现在我们暂时解决不了第二个问题，不如先看看第一个问题。"

"也对，"刘卓俊附和道，"我想沈夫人一定有什么理由才会在半夜来到窗户旁。对了，昨天你们谁是最后一个见到沈夫人的？"

"可能是我吧。"杨美琴开口道，"昨晚吃完晚饭，夫人说她累了，想回房休息，于是我就送夫人回房了。"

"那时大概是几点钟？"

"应该是晚上八点左右。"

"八点之后还有别人看见沈夫人吗？"

没有人说话。

"那么大家说说昨天夜里十二点到三点之间都在做什么吧。我先来，昨晚那时候我已经睡着了。"

"我也在房间里睡觉。"众人纷纷说道。

"看来这次大家都完全没有不在场证明啊。不过这也很正常，毕竟刚刚发生了杀人事件，估计大家都和我一样早早回房把门锁上，不敢在夜间出来活动了。"刘卓俊无奈地摇了摇头。

"看来关于第一个问题暂时也找不到答案了。"孙小玲微微一笑，轻轻叹了口气。

第九章　往　事

　　这天的午饭依然在沉默尴尬的气氛中进行，杨美琴给众人做了点面条，虽然看上去味道极佳，但宋立学却完全没有食欲，只是机械地将面条往嘴巴里塞罢了。他偷偷看了一眼身旁的孙小玲，她倒依然是一副吃得很香的样子。

　　——这个女孩，为什么在这种情况下依然这么有胃口啊？宋立学在心里苦笑道。

　　就在这时，客厅北面的小门突然打开了，许婷婷搀扶着一个老头缓缓走了进来。那是一个两鬓已经斑白的老人，脸上刀刻般的皱纹彰示着岁月的痕迹，两只眼睛虽然深陷进眼窝之中，却依然炯炯有神。老人的身材十分瘦小单薄，走路也不太稳健，在许婷婷的搀扶下慢慢地往前挪动着。然而，宋立学的视线却完全被老人的两条胳膊吸引了，那并不是真的胳膊，而是两条闪烁着银白色光芒的金属假肢。宋立学知道这位老人一定就是这里的主人沈青云了，而他手臂上那两条假胳膊，就是李东旭所说的青云集团研发团队运用最顶尖的科技专门为沈青云定制的金属假肢。

　　没过一会儿，沈青云在许婷婷的搀扶下已经走到了餐桌前，此时所有人都已经停止了手上的动作，连原本吃得津津有味的孙小玲也放下了手中的筷子，静静地看着沈青云坐下。

　　"东旭已经把这几天发生的事情都告诉我了。"宋立学没想到这个老头虽然看上去身体瘦小、老态龙钟的，但说起话来却依然吐字清晰、铿锵有力。"我只有一句话，不找出凶手，这里所有的人都别想走。"

沈青云的语速很慢，说出的每个字都像重锤一般敲在众人的心上。他说话时嘴角似乎在微微抽搐，身体也在微微颤动着，好像在强忍着内心的悲伤和愤怒，脸上却依旧毫无表情。

——不愧是青云集团的创始人，即使失去了女儿和妻子，即使内心的情绪波涛汹涌，表面看上去也波澜不惊。

宋立学正这样想着，沈青云已经站起了身，一旁的许婷婷赶忙搀扶着他往客厅的北门走去，没一会儿两人便又消失在了众人的视线中。

沈青云走后，餐厅的气氛变得更加压抑，每个人的脸上好像都写满了心事，本就因为连续杀人事件而焦躁恐惧的众人，又因为沈青云的一句话变得更加不安。按照沈青云的说法，就算他们现在已经想到了回去的办法，但是没找到凶手的话，也依然不能离开这里。然而，一想到自己身边潜伏着一个能在密室中杀人的凶手，所有人便不想再多待一秒钟。

突然，孙小玲的声音打破了这尴尬的氛围。只见她放下连汤底都不剩的碗，一脸满足地说："吃完了，不愧是天涯大饭店的五星级大厨，这是我吃过的最好吃的面。"接着，她从桌上的纸盒中抽出一张餐巾纸，擦了擦嘴，继续说道："刘医生、韩先生、吴小姐，我想问下你们三位，前天晚宴的时候沈小姐提到的所谓'小恋'坠楼的事情到底是什么？能不能跟我说说？"

宋立学没想到孙小玲会在这个时候问出这样的问题，惊讶之余,他又暗自庆幸,因为这也是他非常想知道的问题,这样一来就不需要他自己开口问了。

"这……"韩忠宇面露难色地看着孙小玲。

"放心好了,我并不是觉得你们是凶手,只是纯粹好奇罢了。"孙小玲扑闪着水汪汪的大眼睛,看上去完全是个天真无辜的小女孩。

韩忠宇似乎被孙小玲的脸蛋给迷住了,呆呆地说:"好吧,事到如今,这件事情如果不说明白的话,可能我们几个就摆脱不了嫌疑。"

"等等,忠宇,你真的要说吗?"一旁的刘卓俊脸色不安地看着韩忠宇说道。

"嗯,其实这件事情本来就没什么好隐瞒的,我们越是不说,反而越是让人怀疑,再说过了这么多年,也是时候说出来了。"

"好吧,既然你决定说,那我们也不好说什么了。"

韩忠宇点点头,又把目光转向了孙小玲。"就像亦心说的,小恋是我们的高中同学,当时我们读的是一家贵族高中,里面都是有钱人家的小孩,而小恋则是极少数因为成绩优秀从外校选拔过来的借读学生。她的家境一般,而且父母好像离婚了。小恋学习刻苦,成绩也很好,本来我们和她没有太多交流,就是普通同学罢了,但没想到突然有一天,她居然也加入了学校的象棋社,原来学习刻苦的她也是个象棋爱好者。从那以后,因为我们经常一起下象棋,渐渐地就熟络起来了。"

"你说的熟络起来,是指你、刘医生、吴小姐、张先生还有小恋五个人吗?"

"没错,因为当时我们班只有我们五个人加入了象棋社。"

孙小玲点点头,用眼神示意他继续说下去。

韩忠宇接着说道："小恋是个性格温柔恬静的女孩，长得也非常清秀可爱，老实说我看到她第一眼的时候就觉得自己喜欢上了她，那还是我第一次有喜欢上一个人的感觉。之后，我对她展开了疯狂的追求，最后终于让她接受了我。"

"你是说，你们成了恋人？"

"是的。"韩忠宇的眼神中突然流露出一丝悲伤，"和小恋在一起的那三个多月是我人生中最快乐的时光，直到现在我还经常会梦到我们夏天一起吃冰淇淋的时候，她弄得满嘴都是奶油的样子。"

"等等，你们在一起只有三个多月？"

"是的，因为九月十四日那天小恋掉下去了。"韩忠宇的眼中似乎要流出眼泪来，说话的声音也带了些哭腔，"那天是我们班使用象棋社活动室的日子，也是我和小恋在一起的第一百天。我早早准备好了纪念礼物，放学后在象棋社里送给了她，却没想到这份礼物竟然夺走了小恋的生命。"

"什么？"宋立学闻言，惊讶地问，"你送了什么礼物？"

"一枚象棋的棋子。"

"象棋棋子？"

"那不是一枚普通的象棋棋子，而是用特殊的材料制成的，表面看上去是木制的，但是在强烈的阳光照射下，棋子会逐渐变得透明，这样就能看到棋子里面的东西。"

"你在棋子里面放了什么东西吗？"

"一条项链。"韩忠宇此时再也控制不住自己的眼泪，任它们肆意地流过自己的脸庞。"那并不是我和家里人要钱买的，而是我偷偷地打了三个月的工，用攒下来的钱买的，因为我始终觉得只有用自己的钱买的礼物才有意义。"

"我还是不懂这样一个礼物为什么会夺走小恋的生命。"

"当时我把礼物送给小恋之后,跟她说了这个象棋棋子里藏着惊喜。小恋非常开心,拿着棋子就冲到窗户边,伸出胳膊,想让阳光照射到棋子上,从而看清象棋里的东西。但是当时已经是放学后的下午五点多,阳光并不怎么强烈,而且象棋社活动室的窗户前面有一棵枝繁叶茂的大树,大部分的阳光都会被这棵大树挡住。为了能看清棋子里的东西,小恋只能尽力地踮起脚,使劲地往窗外探出身子,从而尽可能让更多阳光照射到棋子上。就在这时,意外发生了。"

"你是说,小恋掉下去了?"

"没错,象棋社活动室的窗户位置比较低,之前也有人向校方反映过,但是一直没得到重视。而小恋又是个身材高挑的女孩,窗沿只到她大腿的位置,当时的她可能过于兴奋,一心想要看清棋子里的东西,以至于完全没有注意到自己半个身子已经越过了窗沿……"韩忠宇的表情越发痛苦,"都是我不好,是我害了她,要不是我自作聪明给她送什么破礼物,小恋也不会……"

"所以,小恋坠楼其实完全是个意外?"

"是的。"此时韩忠宇已经泣不成声。

一旁的刘卓俊开口道:"其实还有一件重要的事情,忠宇刚刚没有说。"

吴沁妍望向刘卓俊,插话道:"你真的要说吗?当初可是你让我们保守秘密的。"

刘卓俊微微一笑,轻轻摇了摇头。"亦心已经不在了,我们也没必要再隐瞒了。"

宋立学好奇道:"你是说这件事和沈小姐有关?"

刘卓俊点点头。"小恋的坠楼确实是个意外,但这个意外不仅和忠宇送的棋子有关，和亦心也有关。我们也是后来才知道，小恋当时戴的并不是自己的眼镜，而是亦心的眼镜。"

"眼镜？和眼镜有什么关系？"

"亦心是小恋最好的朋友，你知道，女生之间常常喜欢买一些一样的东西来表现她们的友谊。亦心和小恋的眼镜就是一起买的，从外观上看完全是一模一样，区别在于两者的度数相差很多，当时亦心是个高度近视，而小恋只是微微有些近视而已。小恋坠楼的那一天，放学前的最后一节课是游泳课，下课的时候小恋在更衣室错拿了亦心的眼镜。"

"沈小姐居然是高度近视？我看她好像没有戴眼镜啊。"宋立学在脑海里回想着沈亦心的容貌，至少前天晚上他没有见过沈亦心戴眼镜。

"亦心高三的时候去做了激光手术，把近视治好了，之后就再也没戴过眼镜了。"

"原来如此，可我还是不懂，眼镜和小恋坠楼有什么关系？"

此时，已经很久没有说话的孙小玲开口道："你的意思是说，小恋戴着度数偏高的眼镜，影响了她对周围事物位置的认知和把控，包括窗沿的高度，这也成了她坠楼的原因之一，是吧？"

"没错。"刘卓俊点点头。

宋立学终于明白了刘卓俊的意思，点点头道："这倒也是，我有一次也错戴了别人的眼镜，确实感觉周围的事物都不太对劲，好像和平常的位置不大一样。可是你们怎么知道小恋错戴了沈小姐的眼镜呢？"

"是小恋自己说的。那天在象棋社活动室里，小恋说她总觉得周围的东西和往常不太一样，经过我们的提醒，她才发现自己错戴了亦心的眼镜。但是当时亦心已经放学回家了，她便说：

'算了，明天再跟她换回来吧，也不是什么大事。'然后又把亦心的眼镜给戴上了。"

"原来是这样，可是你们为什么要对沈小姐隐瞒真相呢？"宋立学问道。

"是我让他们不要说的。"刘卓俊露出苦笑，"因为当时的我喜欢亦心，如果她知道自己的眼镜间接导致了好朋友死亡的话，一定会痛苦万分，甚至自责一辈子。我不想看到她难过内疚的样子。即使因为这件事，她一直怀疑我们，甚至对我们几个有误解也没关系。"

"我来总结一下你们说的话吧。"孙小玲来回打量着刘卓俊等人，开口说道，"小恋的坠楼纯粹是个意外，但导致这个意外的原因有两个：一个是韩忠宇送的纪念礼物，一个是小恋错拿了沈小姐的眼镜。这两件事综合在一起，导致小恋失足跌落。而刘医生因为喜欢沈小姐，怕告诉沈小姐真相会伤害到她，所以让你们对沈小姐保密，沈小姐也因此才会怀疑你们。没错吧？"

这时韩忠宇已经止住了眼泪，但说话的语气依然充满了悲伤。"我是小恋当时的恋人，亦心是小恋当时最好的朋友，我们从来没想过要伤害小恋，但小恋却因为我和亦心而意外死去。卓俊因为喜欢亦心，不想伤害她，所以对她隐瞒了真相，却反而让亦心对我们产生了怀疑和误会。也许这就是所谓好的初衷不一定带来好的结果吧。"

"可惜我再也没有机会把真相告诉亦心了，也许亦心到死都还在怀疑我们几个吧。"刘卓俊叹了口气道。

宋立学没想到小恋坠楼的背后竟然是这样一个悲伤的故事，一时竟也不知道说什么好。

短暂的沉默过后，孙小玲突然开口道："我还有最后一个问题，你们口中的小恋，全名叫什么？"

这次回答孙小玲的是吴沁妍："小恋姓任，全名叫任雨恋。"

听完刘卓俊等人的讲述后，宋立学开始重新在脑海里思考起这两天发生的三起杀人事件。

首先是动机的问题。刚刚他终于知道了所谓"小恋坠楼"事件的真相，事到如今，宋立学觉得凶手的杀人动机应该和这件事无关，因为第三个受害者——沈亦心的母亲林静娴，肯定和这件事无关，如果凶手的动机和这件事有关的话，那么凶手根本没必要杀她。难道凶手一开始就是冲着沈家的人来的？可这样一来张伟光的死又怎么解释？张伟光又不是沈家的人，为什么也会被杀？

其次便是凶手选择的凶器问题。昨晚他已经思考过这个问题，在张伟光被杀的案子里，凶手使用了哑铃这种奇怪的凶器，这已经让他非常困惑了，而今天林静娴的案子里，凶手使用了杠铃片这种更加奇怪的凶器，这让他更加无法理解了。凶手到底为什么要使用哑铃、杠铃片这些非常非常重，常人甚至拿都拿不起来的东西作为凶器？如果说在张伟光的案子里，凶手使用哑铃杀人只是临时起意，看到张伟光放在房间里的哑铃便顺手当作了凶器，那么在林静娴的案子里，使用杠铃片做凶器则无论如何也无法用临时起意来解释了。

最后是凶手选择的作案时间问题。这三起杀人案都发生在深夜十二点到三点之间，难道只是巧合吗？这个时间段正是深更半夜，夜深人静之时，大家基本都在睡觉，倒也方便凶手行动，而且黑夜对于凶手来说也是很好的掩护。但凶手每次都选择在这种大半夜的时候作案，是不是还有什么更深层次的原因？凶手选择这样的作案时间，是否和凶手所使用的诡计有关，还是仅仅因为深夜作案行动方便，不易被发现而已？

　　这些难解的问题不断地在宋立学的脑海里徘徊，然而直到把碗里的最后一根面条吃完，他依然想不出个所以然来，便只好把目光投向孙小玲，想问问她的意见。然而宋立学突然发现孙小玲不知何时已经离开了座位，从客厅消失了。

幕间三

十天后。

"都搞清楚了。那个女孩并不是钱柜中学的学生。"

"什么?"

"她叫苏恋,老爸在邮政局上班,老妈前几年得病死了,家里还有个弟弟。她家的收入最多只能算中等水平,是不可能念得起贵族高中的。"

"那她到底在哪儿念书?"

"在一所普通高中念高三。不过虽然她念的是普通高中,但是听说她老爸对她的学习管得很严,一心希望她能考个好大学,将来能多赚点钱。"

"哦……那她家住在哪儿你知道吗?"

"离这儿不远,改天我带你去。"

"不,现在就带我去。"

"什么?好吧,你那瘸腿可别跟丢了。"

那个女孩的家果然不远,走过五六条街就到了。那是一个看上去年代很久的小区,小区门口的墙上写着几个大字"金星路琉璃小区"。

"她家就在这栋房子的五楼第二间——五〇二室。"老板用手指着其中一栋楼的窗户对我说。

"哦……"

我之所以要打听女孩的家庭住址，是因为我想写一封信给她。

我已经明白，我对这个女孩产生的感情绝不是爱情，而是一种心灵的寄托。

是她使我黯淡的人生里射入一丝暖阳，是她使我有了活下去的理由。

在过去的这二十几年里，我曾不止一次地想到过死。

不是因为我是个要饭的，而是因为我找不到活下去的理由。

我已经不可能像正常人一样生活，所以金钱和地位对我来说没有任何意义。

而这正是我的悲哀。

一个普通人可以每天为了赚到更多的钱而活着，可以每天为了爬上更高的地位而活着。

父母可以为了子女活着，学生可以为了考试活着，商人可以为了利益活着，学者可以为了知识活着，军人可以为了保家卫国活着。

而我不知道我是为了什么活着。

我是为了自己活着吗？

可是我身上有什么东西值得我为之活下去吗？

没有。我没钱、没地位、没权力、没父母、没亲人，只有一条该死的瘸腿。

谁能给我一个活下去的理由？我不止一遍这样问自己。

而现在我找到了这个理由。

我可以为了这个女孩活着。

我觉得自己的人生开始有意义。

虽然我仍然是个要饭的,但我已经不是从前的那个我了。

现在的我每天要饭都精神百倍,我不再自卑,我也可以活得像个人,而不是狗。

人和狗的区别就是狗只是因为活着而活着。

只要我每天傍晚能看到那个女孩,然后在教室外听她弹一会儿钢琴,我就觉得自己仿佛获得了重生一般。

我不再颓废,我的人生也可以精彩。

我第一次体会到了幸福。

这一切都是那个女孩赐予的。

所以我要写一封匿名信给她。

感谢她在无意中帮助了一个乞丐,一条别人眼中的狗。

尽管我对她一无所知,只知道她叫苏恋。

或许这个世界也是有趣的,两个完全不相干的人之间也会产生奇妙的感应和联系。

但在写信和寄信之前我必须做一件事。

我不能让她的家人看见这封信,这无论如何对这个女孩都不是好事,甚至可能产生误会,所以我要确定这封信能直接送到女孩手中。

幸运的是,经过几天的偷偷"侦察",我发现这家人的信箱钥匙掌握在女孩的手中,所有的信件都是由女孩拿出来的。

也就是说寄到他们家的信件都是女孩第一个看,这样我就放心了。女孩不会天真到把一封寄给她的匿名信直接交给家人吧。

第二天,我用自己剩下来的最后一点钱去小店里买了一个信封、一张纸、一支笔,然后去路边的报刊亭买了一张邮票。我依然清楚地记得小店老板那因为过度惊讶而张大的嘴巴和卖报纸的大婶死鱼般瞪大了的眼珠。

晚上，我回到自己在桥墩下的小窝。

借着路灯和月亮的微弱光芒，我铺开纸，拿起笔，开始写平生的第一封信。

虽然从没有进过学校，但我勉强会写一些字。

因为我无聊的时候就喜欢拿些树枝之类的在土地上画来画去，模仿大街小巷广告牌上的字。

尽管如此，用笔写和用树枝乱画还是完全不一样。

我费尽力气，用两个小时写完了这封信，字迹丑得我都不敢去看。

两个小时的时间，我只写下了一句话：谢谢你，还有你每天黄昏的琴声。

这是我第一次对别人说谢谢，第一次在纸上写下谢谢两个字。

我小心翼翼地把纸装进信封里，在信封上写下女孩的名字，还有她的家庭地址：金星路琉璃小区十二栋五〇二室，然后用吐沫贴上邮票。

做完这些，我终于松了一口气。

然后我心满意足地躺了下来。

这是我第一次睡这么晚，却是我睡得最安心的一次。

恋……

我一边在心里默念着她的名字，一边缓缓进入了梦乡。

第十章 刺　杀

九月十七日上午八点三十分，螺旋塔。

这是宋立学第二次见到沈青云，只是这次他见到沈青云的时候，后者已经变成了一具尸体。

早上八点二十分，他便被急促的敲门声给叫醒。他知道肯定又发生了什么不好的事情，便匆忙跟着叫醒他的女佣许婷婷来到了三号房间。

走进三号房间，宋立学的目光立刻被满地的红色所吸引了。

红色，到处都是红色，像盛开的玫瑰铺满地面。不，那不是玫瑰，是血。

血的源头是一个人，一个倒在地上的人。

那个人的身体仰卧在房间中央的地面上，两条胳膊无力地耷拉着。不，那并不能算作胳膊，而是两条金属假肢。然而最引人注目的并不是这两条假肢，而是这个人的胸口。

暗红色的鲜血从他的胸口不断地涌出，浸染地面，一直蔓延到三号房间的门口。

任谁都能看出，这个人已经变成了一具尸体。

"这到底是怎么回事？"宋立学强忍住想要呕吐的感觉，开口问道。

"今天上午，我像往常一样，八点钟来给老爷送早餐，可是不论我怎么敲门,房间里都没反应,用钥匙也打不开门,因为房门是从里面用插销反锁着的。"许婷婷开口道,"经历了这几天的事件,我心头已经预感到出事了,于是我直接回螺旋庄去叫了赵管家和杨姐,然后拿了电锯过来。等我们用电锯打开门后,发现老爷他……"

"沈老爷的死因是心脏破裂,而心脏破裂的原因则是被匕首之类的锐器刺穿了一个大洞。"刘卓俊一边检查着尸体一边说道,"死亡时间也是夜里十二点到三点之间。"

沈青云的胸口上并没有匕首。此时已经恢复冷静的宋立学开始仔细打量起沈青云的房间内部,这里的布局和其他房间没有什么差别,床、桌子、衣柜等位置都一模一样,只是地面已经大半都被鲜血染成了红色,不仅如此,连墙壁和房门上面都沾染了大片暗红色的血迹。但无论如何,房间里都不见匕首的踪影。

"这里好像没有匕首啊。"

"确实,看来凶器应该是被凶手带走了。"刘卓俊点点头。

"咦,这是什么?"吴沁妍似乎看见了什么东西,走到床边,从枕头旁边拿起了一张纸条。

众人凑到她身边,只见纸条上写着几个歪歪扭扭的字:要想知道你女儿和老婆被杀的真相,就在今晚两点钟打开衣柜门。

"什么?这是什么意思?难道衣柜里有什么秘密吗?"宋立学说着,快步走到三号房间的衣柜前。

这个衣柜和他房间里的衣柜看上去没有什么区别,高两米左右,宽一米五左右,木质材料表面刷着白色的油漆。衣柜有两扇门,是滑动式的,宋立学将其中一扇门滑到另一边,映入眼帘的是挂在衣竿上的几件上衣,有西服,有衬衫,也有休闲的服装。他关上这扇门,又滑开另一边的门,衣柜这边用木板隔成了好几层,每一层上面都整整齐齐地叠着各式各样的上衣、裤子、内衣等。

"这感觉就是个普通的衣柜啊,哪里有什么真相?"韩忠宇站在宋立学身后问道。

"是啊,"宋立学转过头,对众人问道,"这里面的衣服都是谁收拾的?"

一旁的许婷婷开口道:"是我。"

"你最后一次收拾衣柜是什么时间?"

"昨晚七点多吧。昨晚七点钟我来到老爷的房间给他送晚饭,然后和平时一样帮他清理了假肢,打扫了房间,收拾了衣柜。"

"当时衣柜里面有什么异常吗?"

"没什么异常,"许婷婷摇摇头,"我就和平时一样,把几件洗好的衣服叠整齐放到衣柜里,完全没注意到有什么异常。"

"咦,那就奇怪了。"宋立学伸手将衣柜里的衣物都翻了一遍,但里面除了衣服并没有什么奇怪的东西。

"这张纸条到底是谁留的?衣柜里面到底有什么真相?难道说这一系列案子的真相就隐藏在这些衣服当中吗?纸条和沈老爷被杀之间有关系吗?"宋立学连珠炮般地连续问了四个问题,但这里并没有人能够回答他。

"这个笔迹,是故意写得歪歪扭扭的吗?"刘卓俊看着纸条上的字迹说道。

"很有可能,"宋立学点点头,"写纸条的人很可能不愿意被人从笔迹中识破身份,所以故意把字写得歪歪扭扭,这样我们就没法根据笔迹来推断出写纸条的人的身份了。"

"不论如何,这个三号房间又是一个门窗反锁的密室,这个案子又是一起密室杀人事件。"韩忠宇走到窗户旁,指着窗户上反锁着的月牙锁说道。

——又是密室杀人!

这几天宋立学的脑海里已经回荡过无数遍这个词,但无论他如何绞尽脑汁,都依然完全没有头绪——这个狡猾的凶手究竟是如何神不知鬼不觉地在密室里完成一桩又一桩恶魔般的犯罪的?

突然,他的脑海里似乎闪过一道亮光。他疾步走到窗前,打开月牙锁,推开窗户,探出身子,朝下面看去。三号房间朝北,从这里能看到远处郁郁葱葱的山坡和树林。然而,不知为何,宋立学一直低着头死死地看着下方的地面,嘴里还不停地喃喃自语着:"高度,高度,高度。"

第十一章 曙 光

中午十二点，剩下的众人围坐在螺旋庄餐厅中央的大桌子旁。恐惧在每个人的心头蔓延，像怪兽一般正在迅速吞噬每个人的心理能量。

"我受不了了，这才不到两天的时间，已经死了四个人了，搞不好下一个死的就是我。"吴沁妍大声叫着，眼泪不住地往下落。她一只手抹着眼泪，一只手拿起筷子，夹起桌上的一块红烧肉，塞到嘴里，边咀嚼边带着哭腔说道："不管了，就算死我也要做个饱死鬼。"

"别这么说，我建议从今晚开始，我们剩下的所有人都聚在这个大厅里，不要单独行动，这样凶手就没有可乘之机了，我不相信凶手一个人可以对抗其他所有人。"刘卓俊开口道。

"什么，你还怀疑凶手在我们当中吗？"

"难道还有别的可能吗？这里通往外界的唯一通道已经被割断，也没有手机信号，完全处于与世隔绝的状态，除了我们这些人，还有谁会是凶手？"

没有人回答他的问题，回旋在餐厅里的只有沉默，连吴沁妍都止住了哭泣和咀嚼，只是呆呆地望着桌上的食物出神。

大约三分钟后，宋立学率先打破了沉默。他清了清嗓子，然后开口道："杨姐，能不能拿一瓶红酒过来？"

杨美琴微微一愣，随即点了点头，然后转身走向了厨房。

"这种时候宋先生还有心思喝酒啊？"韩忠宇揶揄道。

宋立学没有理会，而是脸色严肃地开口道："既然现在大家都在这里，关于这几天发生的案子，我就趁现在跟各位说一下我的看法吧。"

"什么？难道你已经知道凶手是谁了？"

"只是我个人的看法而已。"

此时杨美琴已经拿着一瓶红酒和一个高脚杯从厨房走了出来，放到宋立学面前的桌上。宋立学拿起酒瓶，往高脚杯里倒了半杯红酒，喝了一口，润了润喉咙。接着，他瞟了一眼坐在他斜对面的孙小玲，开口道："我先总结一下这几天发生的四起案子吧，大家也跟着我一起回顾一下。首先是前天早上七点钟左右，杨姐在螺旋塔外部的地面上发现了沈小姐的尸体，经过刘医生的检查，判定沈小姐死于撞击地面所带来的巨大冲击力，死亡时间为前一天夜里十二点到凌晨三点之间。结合现场的痕迹来看，我们基本可以确定沈小姐是从螺旋塔上坠楼身亡的。而刘医生经过进一步的检查又得出结论，沈小姐至少是从四十米以上的高空坠落的，螺旋塔里能满足这个条件的只有十一和十二号房间。从沈小姐尸体所在的位置来看，她正好位于十二号房间窗户的正下方，而且十二号房间的窗户大开着，所以基本上可以确定沈小姐是从十二号房间里坠落下来的。到这里，大家都还同意吧？"

没有人说话，但大部分人都点了点头。

宋立学继续说道："到这里都没问题，然而接下来，当我们进入螺旋塔，来到十二号房间门口时，问题就来了：十二号房间的门是从内部用插销反锁着的，即使有钥匙，也没法从外部打开，最后我们用电锯强行破坏了房门，才进入了十二号房间内。

十二号房间是个玩具屋，是当初李先生给他和沈小姐未来的孩子布置的，里面有很多给小孩子玩的游乐设施，然而我们进入十二号房间之后，却发现里面空无一人。我们仔细检查了房间的墙壁、地面，甚至连天花板也没放过，然而并没有发现任何暗道，也就是说十二号房间只有房门和窗户两个出入口。我们已经知道沈小姐是从十二号房间的窗户坠落的，坦白说，在知道这一点后，我想各位脑海里的第一反应都是：有人在十二号房间里把沈小姐从窗户推了下去。然而现场的状况完全否定了我们的这一想法，一个最根本的矛盾是：如果凶手在十二号房间里把沈小姐推了下去，那么这之后他或者她是如何离开的呢？"

"没错，现场虽然开着窗户，但仍然可以算作是一个密室。"不知道是谁插了一句嘴。

"是的。十二号房间只有房门和窗户两个出入口，然而房门是从内部用插销反锁住的，窗户离地面则足足有四十多米高，那么凶手推下了沈小姐之后究竟要如何离开十二号房间呢？这是第一个案子当中最大的难点，只要我们能破解这个密室诡计，那么凶手是谁一定也会迎刃而解。到这里，大家有问题吗？"

"没有问题，但我觉得你说的都是废话。"已经停止了哭泣的吴沁妍开口道，"你说的这些都是些很显而易见的事情。"

"先别急嘛，我现在只是在重新梳理案情，等梳理完了，我自然会说出自己的推理。"宋立学又喝了一口红酒，"沈小姐的案子大致就是这样，现在再来看第二起案子：张伟光被杀案。哦不，或许不应该叫第二起案子，因为根据刘医生的判断，张伟光的死亡时间也是前一天夜里十二点到凌晨三点之间，所以现在我们其实并不清楚他和沈小姐到底谁先遇害，姑且就按我们发现尸体的先后来排序吧。前天早上，我们发现沈小姐的尸体后，张伟光一直没有出现,杨姐说不管怎么敲张伟光的房门都没回应,于是我们在检查完玩具屋后,便又去了张伟光住的八号房间。然而八号房间和十二号房间一样,房门也是从内部用插销反锁着的。我们好不容易打开房门进入房间,却发现张伟光躺在床上,已经变成了一具尸体。从现场的痕迹来看,张伟光是被一个重达三十公斤的哑铃击中了胸口而死,随后刘医生的判断也证实了这一点:哑铃砸断了张伟光的胸部肋骨,碎裂的肋骨刺穿了心脏,导致张伟光当场死亡。"

没有人说话,宋立学环视了一圈在座的人,所有人都在目不转睛地看着他,只是其中孙小玲似乎嘴角一直含着笑。

"凶器,死亡时间,这些都没问题,然而这起案子的难点却和第一起案子相似:现场是一个密室,甚至是比第一起案子的现场更加完整的密室。第一起案件当中十二号房间的窗户至少是开着的,而这起案件当中八号房间不仅房门从内部反锁,连窗户也是反锁着的。我们仔细检查了八号房间,和之前刚刚检查过的玩具屋一样,这个房间也没有任何密道,也就是说八号房间是个完完全全的密室。"

"难道说你已经想到了破解这个密室的方法?"

"唔,怎么说呢,差不多可以这么说吧。"宋立学有点不自信地点了点头。

"哦?那还卖什么关子,赶紧说吧。"刘卓俊显得有些不耐烦。

"在解释凶手的诡计之前,我要先说说我是如何推理出这个诡计的。其实,是张伟光房间地面上的那串钥匙提醒了我破解密室的方法。"

"什么?钥匙?"

"杨姐说过,螺旋塔里从二号到十一号房间,每个房间内部的布局都是一样的，八号房间自然也不例外。这些房间里面都有一张白色的方桌，这张方桌都位于窗户的旁边，而八号房间的这张白色方桌离窗户的位置很近，甚至有一个桌角已经越过了窗户的边缘，延伸到窗户正前方的区域了。与此同时，前天上午我们还发现八号房间的白色方桌由于桌腿长度有细微的差别，导致桌子摆在地上不是十分平稳，只要轻轻一碰就会晃动。而就在这张桌子附近的地面上，我们发现了一串钥匙。接着我们又在白色方桌的桌面上发现了一些铁锈的痕迹，经过对比，我们确认这些铁锈和张伟光那串钥匙上的铁锈一模一样，也就是说张伟光的那串钥匙曾经是放在白色方桌上的。"

"那又如何？这和破解密室的方法有什么关系？"

"好，那么问题来了：现在我们知道张伟光那串十分沉重的、挂了很多把旧钥匙的钥匙串曾放在白色方桌上，但昨天早上我们进入八号房间之后，却发现那串钥匙在地面上。究竟发生了什么，让原本放在桌面上的钥匙串掉落到了地面上呢？"

"你是想说，有人不小心碰到了那张不稳定的桌子，导致放在桌子上的钥匙串掉落到了地面上？"刘卓俊开口道。

"完全正确。钥匙串之所以会从桌面上掉到地面上，是因为有人不小心碰到了那张桌子。刚刚我也说过，那张白色的桌子本来四条腿就不一样长，摆在地上不是很平稳，只要轻轻一碰就会晃动，而这一晃，那串钥匙很有可能就会落到地上。"

"可是知道这个又有什么用？"

"问题就在这里，到底是谁不小心碰到了桌子？"

"难道不是张伟光吗？"

"不可能是张伟光。一来张伟光是把钥匙放在桌子上的人，他不可能不知道桌子的位置；二来那张桌子在房间的角落里，房间里面的人几乎不可能会经过那个区域,所以不太可能不小心碰到桌子。"

"那是谁?"

"当然是凶手。对于张伟光这个案子,我想大家肯定不会觉得他是自杀,那么就一定存在一个杀害他的凶手,既然碰到桌子的不是张伟光,那么剩下的最有可能的人选当然是凶手。"

"好吧,就算是凶手不小心碰到了桌子,那又能说明什么?"

"我们来看看这张白色方桌的位置。桌子位于房间东北方向的角落里,一般人根本不可能不小心碰到这张桌子,因为根本就不会经过那个区域。除非……"

"啊,我明白了,我知道你想说什么了。"吴沁妍一脸恍然大悟的表情,大声地喊道。

宋立学点点头。"没错,我一开始就特意强调了这张桌子的摆放位置——有一个桌角凸出到了窗前的区域。如果有人不小心碰到了桌子,那么最有可能的情况是:这个人在经过窗前的区域时,不小心碰到了那个凸出的桌角。"

"没错,否则谁会碰到那张在角落里的桌子啊。"

"推理到现在,我想大家应该也都明白我想说什么了。凶手是在经过窗前的区域时,不小心碰到了白色方桌的一个凸出来的桌角,使得桌子晃动,导致摆在桌面上的钥匙掉在了地上。"说到这里,宋立学嘴角微微一扬,"那么,现在就只剩下一个非常简单的问题:为什么凶手会经过窗前的区域?"

"你的意思是,案发当晚,凶手通过了窗户?"

"没错,这就是我的结论:凶手是通过窗户进出八号房间的。"

"可是我们来到案发现场的时候,窗户是从内部反锁着的啊。"

"我仔细查看了八号房间窗户的锁,是那种最常见的月牙锁,只需要一根钓鱼线便可以轻松地在窗外转动月牙锁来给窗户上锁。"

"可是你说的窗外,是指平地的窗外吧。张伟光的房间离地面可是有二三十米的距离,难不成凶手用的钓鱼线有二三十米长,这根本没法操作了吧?况且在这种高度下,就算窗户是开着的,凶手也没法通过窗户进出房间啊,难不成凶手能够飞檐走壁?这又不是拍电影。而且螺旋塔的表面都是光滑的黑色石壁,连个下脚的地方都没有。"

"你说得一点也没错。我在推理出凶手是通过窗户进出八号房间的结论后,必须要克服两个难关才能使这个结论让人信服。第一个是窗户从内部反锁的问题,第二个就是高度问题。如果没有这个高度问题,那么第一个问题就可以通过钓鱼线来解决,虽然是个老套的方法,但却很实用。所以说到底,真正的难关只有一个:就是八号房间离地面有二三十米的高度。这个高度问题一直困扰着我,如果无法克服这个问题,那前面我所做的这么多推理就全部白费了。"

"所以你现在克服了这个问题没?"吴沁妍好奇地问。

宋立学没有回答,再次把目光转向孙小玲,说道:"这个问题我稍后再说,我们先来看第三个案子。"

"你这个人,怎么还卖关子?这都什么时候了?"

"不是卖关子,是因为这个高度问题非常重要,必须要等到所有的案子都说完之后再说。"

"好吧,那你继续说第三个案子吧。"

"第三个案子发生在前天夜里。四号房间里的沈夫人被一块十五公斤重的杠铃片砸破了脑袋，经过刘医生的检查，死亡时间是夜里十二点到三点之间。根据现场留下的痕迹，我推测杠铃片是从窗外飞过来的，在砸碎了窗户玻璃后，又砸中了沈夫人的额头，导致她当场毙命。然而正如刘医生所说，我的推测不过是把密室之谜转化成了另外一个不可能的谜题：沈夫人的房间离地面有十几米高，而砸中她的杠铃片足足有十五公斤重，这里根本没有人能把一个十五公斤重的杠铃片扔到十几米的高度，更别说砸破窗户再砸死人了。"

"所以你不会是想告诉我们，凶手是个力气异于常人的超级大力士吧？"

"当然不会。"宋立学笑着摇摇头，"最后我们再来回顾一下今天早上发现的沈老爷被杀案。早上八点多，我们在沈老爷所住的三号房间当中发现了他的尸体。和前面三起案子一样，这又是一起密室杀人案，三号房间的房门和窗户都是从内部反锁着的，而且经过刘医生的检查，沈老爷的死亡时间也是在夜里十二点到三点之间。但和前面三起案子不一样的是，这次案发现场没有留下凶器。沈老爷是被某种利刃刺穿心脏而死的，然而我们在三号房间内并没有找到任何可以做凶器的东西，这和前面的案子都有所不同。第一起案子中沈小姐是坠楼而死，本身就没有凶器可言，第二起案子的凶器哑铃和第三起案子的凶器杠铃片则都留在了案发现场，但这次作为凶器的利刃却被凶手给带走了。另外，还有一点不同的是，这次我们在现场发现了一张纸条，上面写着：要想知道你女儿和老婆被杀的真相，就在今晚两点钟打开衣柜门。这张纸条很有可能是凶手留下的，纸条上的字故意写得歪歪扭扭，应该是不想让我们通过笔迹察觉到凶手的身份。然而我们按照纸条上的指示翻遍了三号房间的衣柜，却完全没有找到任何和案件有关的线索。"

宋立学将杯里剩下的红酒一饮而尽。"好了,这几天发生的四起案子我差不多都重新梳理了一遍,下面终于要进入正题了。"

"快点说你的推理吧。到现在为止你说的都是废话,我倒要看看你到底能推理出什么东西。"吴沁妍似乎仍然不相信宋立学能推理出什么花样来。

"我想大家可能也都已经发现了,在试图破解这四起案子的过程中,我们都遇到了相同的问题:高度。第一起案子中,因为十二号房间离地面有四十多米高,所以我们觉得凶手在推落沈小姐后不可能通过窗户逃跑;第二起案子中,因为八号房间离地面有二三十米高,所以我们觉得凶手不可能通过窗户进出房间;第三起案子中,因为四号房间离地面有十几米的高度,所以我们觉得凶手不可能把杠铃片扔这么高,以至于砸破窗户之后再砸中脑袋;即使是第四起案子的三号房间,离地面也有七八米,所以我们潜意识里也会觉得凶手不可能通过窗户出入。总之,高度问题是贯穿这四起案子的核心难点,只要解决了高度问题,那么这四起案子也就迎刃而解了。"

众人纷纷点头。

"确实,说来说去还是因为这四起案子都发生在高处的房间当中,所以才会变成所谓的不可能犯罪,才会让人觉得如此奇特难解。"刘卓俊盯着宋立学的眼睛问道,"你已经想到如何破解这个高度问题了吗?"

"在第二个案子中,我推理出凶手是通过窗户进出八号房间的。老实说,因为高度问题,我几乎就要否认自己的这个推论了。然而这个时候我想到福尔摩斯的一句话:当你排除一切不可能的情况,剩下的,不管多么难以置信,那都是事实。想到这里，我强迫自己硬着头皮继续往下想。就在今天上午，我的脑海里突然灵光一闪，有没有可能这四起案件并不是发生在高处，而是发生在平地上的呢？"

"什么意思！"

"我们所有人都以为这四起案子发生在高处，这会不会只是我们的思维惯性而已？"

"你到底想说什么？"

"我的意思是说，在这四起案子案发的时候，十二号、八号、四号和三号这四个房间并不是位于离地面四十几米、二三十米、十几米和七八米的高处，而是就在地面上。"

"什么？这怎么可能？"

"如果螺旋塔可以上下移动呢？"

"什么？上下移动？"在场的所有人都瞪大了眼睛。

"看到螺旋塔第一眼的时候，我的脑海里就觉得这个塔的形状很像一个东西，直到今天我才终于想起是什么东西——螺丝钉。"

"螺丝钉？"

"没错，螺旋塔就像是一根巨大的平头螺丝钉，顶部往外微微凸出的部分就是螺帽。既然是螺丝钉，那么就可以转动，而且在转动的同时会前进或者后退。对应到螺旋塔，就是在旋转的同时逐渐深入地下或者升到地上。或许这也是这座塔叫作螺旋塔的原因：它可以螺旋式地上下移动。"

没有人说话，所有人都在脑海里想象着宋立学描述的场景。

"如果螺旋塔可以像螺丝钉一样螺旋式上下移动的话，那么刚刚所说的高度问题便迎刃而解了。凶手知道螺旋塔的这个特性，并且拥有遥控器，可以远程操控螺旋塔转动。第一起案子当中,凶手通过遥控器,启动了螺旋塔的旋转开关,随着螺旋塔逐渐往地下旋转,十二号房间也离地面越来越近,最终到达几乎和地面持平的高度。然而沈小姐并不知道这一点,她依旧遵循着和凶手的约定来到玩具屋里,却没想到凶手通过窗户走了进来,然后打晕了她。之后,凶手再次启动开关,螺旋塔又逐渐往上转去,最后恢复到了原来的位置,此时的十二号房间也恢复了原来的高度——离地面四十多米。于是,凶手将晕过去的沈小姐从窗口轻轻一推……"

此时,在场的众人都被宋立学这个大胆的想法给惊得目瞪口呆,只有孙小玲的面部表情毫无变化,似乎完全不为所动。

"在杀害了沈小姐之后,凶手再次使用遥控器,启动了螺旋塔的旋转开关。螺旋塔逐渐旋转下降,直到十二号房间再次降到地面的位置,凶手便通过窗户走了出来,回到螺旋塔外的地面上。之后,凶手又使用同样的方式,让螺旋塔缓缓上升,直到张伟光所在的八号房间到达地面,凶手通过窗户进入张伟光的房间,用哑铃砸死了张伟光,再通过窗户离开房间,当然他没有忘记用钓鱼线把窗户的月牙锁给锁上,我刚刚说过,如果是在平地上的话,用钓鱼线锁上月牙锁并不是什么难事。这之后凶手再次启动开关,将螺旋塔转回原来的高度,这样一个完完全全的高楼密室便诞生了。"

"哑铃是凶手自己带过来的?不是说哑铃是张伟光自己带去房间的吗?"

"这一点我无法确定,凶手有可能原本准备了别的杀人凶器,但是进入八号房间后,看到放在地上的哑铃,又临时改变了主意。"

"为什么凶手要改变主意?"

"很有可能是因为凶手觉得使用现场已有的物体作为凶器不容易暴露自己的身份。"

"好吧，勉强说得过去。"

"前天晚上，凶手又一次启动了螺旋塔的旋转开关，把四号房间降到了地面高度，当然凶手事先和沈夫人说好，让她在约定的时间到房间的窗前来。不知情的沈夫人按照约定来到窗边，凶手站在窗外的地面上，朝四号房间的窗户扔出了手中的杠铃片。由于此时四号房间的位置和凶手的位置几乎是水平的，所以实际上凶手并不需要花费很大的力气。杠铃片砸碎窗户之后又顺势砸中了沈夫人的脑袋，导致了沈夫人的死亡。这之后凶手又使用遥控器，将螺旋塔转回原来的高度。如此一来，第三个密室便完成了。"

"这也太不可思议了吧。"刘卓俊禁不住感叹道，"没想到螺旋塔居然可以像螺丝钉一样旋转。"

"最后一个案子可能和前三个案子稍微有所不同。"宋立学接着说道，"凶手这次可能并没有直接从窗户进入三号房间，而是直接敲门走进房间的。进入房间后，凶手将房门的插销反锁，接着用匕首之类的利刃刺死了沈老爷，然后操纵遥控器转动螺旋塔，直到三号房间降到地面的高度，再从窗户逃出去。当然，和杀害张伟光时一样，凶手没有忘记用钓鱼线把窗户的月牙锁给锁上。最后，凶手只要再用遥控器将螺旋塔调回原来的高度即可。如此一来，又一个完全密室便诞生了。"

说完这句，宋立学深吸了一口气，打量着周围的人说道："到目前为止，大家有什么问题想问的吗？"

吴沁妍第一个开口道："你说螺旋塔可以通过旋转上下移动，但这里面有一个非常明显的 bug。"

"什么bug？"

"难道螺旋塔旋转的时候，塔里的人不会发现吗？"

"我知道大家会有这样的疑惑，但其实只要房子旋转得足够慢，在塔内的人应该很难感觉到。因为当塔内所有东西都在旋转的时候，塔里的人对于周围的物体是相对静止的，而人的感觉实际上是来自对周围事物的感知，因此，塔里的人便感觉不到自己其实在转动。"

"可如果有人朝窗外看了一眼不就发现了吗？塔外的东西总不可能也在转吧？"

"这就是凶手总是选择在深夜作案的原因，这个点窗外一片漆黑，即使有人朝窗外看，在这深山老林里也只能看到无边无际的黑色，根本不会察觉到任何异样。更何况这时基本上所有人都已熟睡，就更不可能发现螺旋塔在转动了。"

"原来如此，原来这才是凶手总是选择深夜作案的真正原因。"

"好吧，你这么说也能说得通。可是就算你破解了凶手的诡计，却依然没法确定凶手的身份。按你说的，任何人只要知道螺旋塔的这个秘密，便可以实施犯罪，不管是男是女，是老是少，又或者案发时在螺旋塔内还是螺旋塔外。"

"不，可以确定。"宋立学拿起旁边的红酒瓶，又给自己倒了满满一杯酒，尽管这时他的脸色已经微微泛红。

"怎么确定？"

"还是钥匙串。让我们再回到第二起案件当中那个掉在地上的钥匙串，这是我今晚所有推理的出发点，它不仅告诉了我凶手的诡计，也告诉了我凶手的身份。"宋立学的脸上带着得意的神色，"让我们再来思考一下钥匙串掉在地上这件事，张伟光的这个钥匙串上面挂了很多旧钥匙,所以十分沉重,而螺旋塔的房间地面上铺的都是常见的大理石地板砖,八号房间当然也不例外。当一串沉重的金属钥匙掉在这样的地面上,会发生什么?"

"我还是不懂,你到底想说什么?"

"声音。我想说的是张伟光的钥匙串从桌面上掉落到地面上的时候,一定会因为撞击而发出声音,而且由于金属钥匙串和大理石地板的硬度都非常高,这声音肯定不小。"

"那又如何?发出声音怎么了?"

"你想想,如果你是凶手,在万籁俱寂的深夜凌晨,通过窗户进入八号房间时,不小心碰到了位于窗户边缘的桌子一角,导致桌子晃动,桌面上的钥匙串滑落到地板上,发出'砰'的声音,这时你会怎么做?"

"当然是把钥匙串捡起来啊。"

"可是凶手没有这么做。"

"对哦,为什么凶手没有把钥匙串捡起来?"吴沁妍皱起眉头,五秒钟后,眼珠一转道,"我知道了,因为凶手是聋子,压根儿听不见声音。"

"可是在座的各位并没有聋子哦。"

"也是。那到底是为什么,凶手为什么不把钥匙串捡起来?"

"会不会是因为凶手觉得没必要捡?"刘卓俊插嘴问道。

"不可能,因为这串掉在地上的钥匙很可能会暴露凶手是从窗户进入房间的,事实上这也正是我的推理过程。但如果从凶手的主观意愿上来说,他根本不可能冒这么大的风险,实际上他只要把钥匙串捡起来就什么事也没有了,根本没人会知道这串钥匙曾经掉在了地面上,也就不可能有我今天的这番推理。"

"所以凶手到底为什么不捡呢?"

"因为凶手压根儿没有听到钥匙串落地的声音。"宋立学幽幽地说道。

"不可能,这种寂静的深夜,如果凶手不是聋子的话,就算一根针掉在地上都能听见。"

"没错。那么只有一种解释,有别的声音掩盖了钥匙串落地的声音。"

"别的声音?"

"你们忘了吗?九月十四日夜里可是下了一场雷阵雨啊。"

"什么?你是说……"刘卓俊似乎已经猜到了宋立学想说什么。

"没错,只有这一种可能。巨大的雷声掩盖了钥匙串落地的声音,所以凶手才会没有注意到。具体来说,九月十四日那天夜里,凶手在进入八号房间时,不小心碰到了那张白色桌子,导致桌子晃动,钥匙串掉到地上,恰好此时一声惊雷响起,巨大的雷声完全掩盖了钥匙串掉在地板上的声音,所以凶手根本没有注意到钥匙串落地这件事。"

"妙啊!"刘卓俊拍了拍手,"也就是说,第二起案子中,凶手的作案时间是在下雷阵雨的那段时间内。对了,那天夜里什么时候下的雷阵雨来着?"

"是十二点到十二点三十分之间。"宋立学开口道,"我记得很清楚,因为那天夜里我正准备走出螺旋塔去螺旋庄的图书室的时候,天上开始雷声轰鸣,然后便是一场暴雨倾盆而至,那时候我看了一眼手机,恰好是十二点钟。而这场雷阵雨停止的时候我正在图书室里看书,因为就坐在窗户旁,所以我对雨停这件事印象很深,正巧那时候我记得孙小玲喊了一句'呀,已经十二点半了啊',所以可以确定雷阵雨停止的时间是十二点三十分。"

"那么,也就是说在十二点到十二点三十分这半个小时内没有不在场证明的人就是凶手?"

宋立学点点头。"让我们再来回顾一下大家的证词。在九月十四日夜里十二点到十二点半这段时间内,我和孙小玲在螺旋庄的图书室里看书,韩忠宇、吴沁妍、刘卓俊三个人在螺旋庄的客厅里下棋,李东旭先生和赵管家在赵管家的房间里商量婚礼的事情,杨姐和许婷婷小姐在螺旋庄里一起收拾卫生,乍看之下似乎所有人都有不在场证明。但是别忘了,其中有个人在十二点十分到十二点四十五分之间以上厕所的名义在别人的视线里消失了三十五分钟,而这段时间恰好和下雷阵雨的时间有二十分钟的重合。"

宋立学的话音刚落,在场所有人的目光都齐刷刷地集中到了一个人身上——韩忠宇。

"什么?你怀疑我是凶手?"韩忠宇感受到了众人怀疑的目光,露出焦急的神色,辩解道,"我那天晚上确实是回自己房间上厕所了啊。"

"可是上厕所上了三十五分钟,未免有点……"

"我不是说了我肠胃不好,所以上厕所时间比较长嘛。"韩忠宇一脸要哭出来的表情,"你们,你们居然都不相信我,我为什么要杀亦心?为什么要杀伟光?为什么要杀沈夫人和沈老爷?"

"这我们哪知道,也许你私下里有什么不可告人的秘密,又或者,你到现在还是对于小恋的事情耿耿于怀?"吴沁妍开口道。

"什么?"韩忠宇似乎愣了一下,露出不可思议的表情,"你在说什么?小恋的事情最大的责任在我自己,我怎么可能会怪亦心?"

"谁知道你心里到底是怎么想的？"吴沁妍依旧不依不饶。

"好吧，我这是跳进黄河也洗不清了。"韩忠宇摇摇头，把目光转向宋立学，"但是姓宋的我问你，你说的这些都只是你的猜测而已，你说螺旋塔能像螺丝钉一样旋转，有证据吗？这么异想天开的事情，凭你几句话就想让我们相信吗？"

"确实，"宋立学点点头，"要想验证我的推理，必须要检查螺旋塔与地面的接合处才行。如果螺旋塔可以旋转的话，那么螺旋塔的底部与地面之间肯定不是紧密相连的，两者之间应该是有缝隙的，只不过我们从没注意过而已。我也是刚刚才把所有的事情想通，得出螺旋塔可以旋转并且上下移动的结论，但还没来得及去验证。想知道我的结论是否正确的话，不如现在就行动去检查吧。"

第十二章　山　火

在宋立学的带领下，众人走出螺旋庄的客厅，来到螺旋塔前，然后分头沿着螺旋塔的外侧，仔细地检查螺旋塔的底部与地面的接合处。赵永胜还给每个人分配了一把小铁铲，方便众人进行检查。

然而不到二十分钟，精疲力竭的众人便得出了结论：螺旋塔的底部与地面是紧密相连的，二者之间没有任何缝隙，螺旋塔是切切实实建造在坚实的地面上的。

宋立学此时已经知道自己的推理错了，他偷偷地瞥了一眼孙小玲，只见她也正笑着望向自己，嘴里说了句："看来转房子诡计已经不流行了呢。"

"这螺旋塔和地面之间根本就没有缝隙啊，要是螺旋塔可以旋转或者上下移动的话，那不得连着整个大地一起旋转吗哈哈哈。"此时韩忠宇的脸上满是嘲讽的表情。

"难道我的推理全错了吗？"宋立学满脸懊恼，自言自语道。

"下次想耍帅之前麻烦提前做好功课，证据都还没找到就先开始自说自话了，这下被打脸了吧。"韩忠宇的揶揄让宋立学满脸通红，恨不得找个地缝钻进去。

一旁的李东旭似乎有些看不下去，替宋立学解围道："好了好了，宋先生也是破案心切，况且他也只是说出了自己的想法而已。现在他的推理被证明是错的，我们只是又回到原点罢了。"

如今，在沈亦心、林静娴和沈青云都已经被杀的情况下，只有李东旭算半个沈家的人，自然成了这里暂时的主人，韩忠宇也不好再多说什么。

李东旭接着开口道："赵管家，我们这边的食物还能撑几天？"

"最多两天。"

"看来必须要想办法尽快离开这里了，否则就算不被潜伏着的杀人狂魔一个个杀死，也会因为食物匮乏而活活饿死。"李东旭的脸色依然很苍白，但声音却保持着冷静，"事到如今，各位有想到什么办法可以离开这里吗？"

"可是我们还没有找出凶手……"宋立学轻声说道。刚刚的推理失败对他造成了不小的打击，他现在连说话的语气都变得不自信了。

"没关系，我不能因为个人情感把这里所有人的生命置于危险之中。"李东旭坚定地说。

"我有个想法，不知道可行不可行。"刘卓俊开口道，"这周围三面环山，山上都是茂密的树林，虽然我们没法穿过树林，但却可以利用树林。"

"怎么利用？"

"放火。"

"什么，放火？"

"是的，如今之计，既然我们没法主动出去，就只能寄希望于有人能发现我们了，而放火烧山会产生非常明显的效果，被人注意到的可能性也很大。而且一旦起了森林大火，当地政府势必会派出大量的人手前来救援，这样我们被发现的概率就很大了。"

"可是,如果造成了森林大火,我们会不会引火上身啊?"吴沁妍睁大了眼睛,露出惊恐的表情。

"不会,现在是夏末秋初,刮的是南风,所以我们只需要在北边的树林放火即可。而且昨天我已经查看过了,我们北面一公里左右的地方有一条小河,过了这条河才是山上的树林,所以就算火烧过来也会被这条河给阻挡住,无论如何火都不可能烧到我们自己身上。"

刘卓俊说完,不断地用目光来回扫视在场的众人,但是一时间并没有人说话。

李东旭率先打破了沉默,开口道:"虽然刘先生说的这个办法有些冒险,但理论上倒确实是可行的,不知各位有什么意见呢?"

"我还是觉得有些冒险,"宋立学开口道,"万一到时候把整座山都给烧秃了,责任追究下来我们要怎么办……"

"都什么时候了,你还想着烧山的责任,先逃出去把命保住,以后的事情以后再说吧。"一旁的韩忠宇揶揄道,"不愧是天涯大学的高材生,考虑事情倒是挺长远的,尤其是在担责任方面。"

"如今好像也没有别的办法了,反正继续待在这里,不是被神出鬼没的杀人狂给杀死,就是活活饿死,总之只有死路一条。那么与其坐以待毙,不如冒险试试看能不能逃离这里,不管需要承受多大的风险,都比在这里等死好。毕竟行动就有成功的可能,不行动就永远不可能成功。所以我同意卓俊的想法,觉得可以一试,反正我是一秒钟都不想在这里多待了。"吴沁妍情绪激动地说。

"我也觉得卓俊的方法不错,而且他也说了,由于风的方向和小河的存在,我们不会有危险。"韩忠宇在一旁附和着。

"好吧，既然大家都同意的话，那我也没什么意见。"宋立学转过头看向孙小玲，"小玲，你觉得呢？"

"我也没意见，你们说怎么做就怎么做。"孙小玲有点心不在焉地说。

"赵管家、杨姐、婷婷，你们三个呢？"李东旭转过头问道。

三人一起点了点头，表示没有意见。

"好，"李东旭开口道，"既然大家都没意见，那就按刘先生说的做好了。赵管家、杨姐，烧山的事情交给你俩来负责可以吗？我怕人越多反而越危险。"

赵永胜点点头："没问题，这事不难，我和杨姐足够了。这种炎热的天气，只需要一点点火星就足够引发一场森林大火。"接着，他转过头对杨美琴说道："杨姐，我俩去仓库准备一下放火需要的材料吧。"

杨美琴点点头，便跟着赵永胜往仓库的方向走去。

李东旭对其他人说道："现在已经下午两点多了，各位先回房休息一会儿吧，记得关好门窗。"

幕间四

第二天一大早,我就去附近的邮局把信寄了出去。

我依然和从前一样,每天在钱柜中学门口要饭。那个女孩依然每天傍晚都会出现,都会蹲下来给我几块钱,都会露出两个浅浅的酒窝。然后我会偷偷地溜进学校,在教室外面静静地聆听女孩舒缓柔美的琴声。

我觉得我的人生充满了希望,我的身体内充满了力量和生气。

这种转变有些不可思议。

但我知道,这一切是如此的真实,因为这个女孩的存在。

直到三天后。

那天,我像往常一样在傍晚等着女孩的到来。

但是直到天黑我也没有看到她。

我感觉有些失落,但我没有多想。这很正常,女孩可能今天有点事。

可是第二天,第三天,第四天……

女孩一直没有出现过。

我不由得有些担心。

可能是她生病了吧,或许是什么比较严重的病,要休息很长时间。

我安慰着自己，尽管心中有一丝不祥的预感。

从女孩失踪那天算起的第十天，我终于忍不住了。

我来到小餐馆。

老板还是给我上了一份炒饭。

"老板再帮我个忙，好吗？"

"你又想干什么？"

"那个女孩最近都没有出现过，我想让你再帮我去查查她的情况。"说着，我把这几天要饭讨来的钱都给了他。

"什么？你不会真的想搞那个女孩吧，你也不看看自己是谁。"

虽然嘴上这么说，但从他的眼神中，我明白他已经答应了。

我知道这老板是个好人。

可能所有的人都没有那么坏吧，到头来也许只是因为我太过自卑，所以只看到他们丑恶的一面。

其实他们也不容易，为什么他们要把自己辛辛苦苦挣来的钱给一个乞丐呢？

或许一直以来都是我自己的偏见吧。

总有一天，我也可以去找份正当的工作，像个人一样活着。

我突然厌恶自己，厌恶自己不劳而获了这么多年，却还一直咒骂着那些我的"恩人"。

我怎么会这么想呢？以前的我明明对世界充满了怨恨。

我对自己感到惊讶。

难道女孩的出现真的改变了我吗？

然而，第二天，我得到的却是一个令我不能接受的事实。

"那个女孩十天前已经死了。"

"什么？怎么死的？"

"自杀，从自家窗户跳了下来。"餐馆老板接着说道，"听说是被她爸爸给逼死的。那个女孩的父亲对她的学习要求非常严格，一心想着现在正在读高三的女儿能考上重点大学。他知道女儿每天回家很晚，但他一直以为她是学习太刻苦了，所以每天都学到很晚才回家。可是……"

"可是什么？"

"据说大概十天前，他发现了女孩每天晚上不是在学习，而是偷偷地去一所有钢琴的贵族中学——也就是钱柜中学练习钢琴，所以才会很晚回家。"

我这时才明白，女孩之所以每天傍晚放学后才会来钱柜中学，是因为她要等别人都走光之后再偷偷地练习钢琴。

"听说那女孩非常喜欢弹钢琴，可是他老爸却极力反对，认为这根本就是浪费时间，是不好好学习的表现，而且他也没有能力给女儿买一架钢琴。知道女孩不是在学习，而是偷偷弹钢琴之后，她老爸大发雷霆，把女孩狠狠地骂了一顿，还说这辈子都不准她再碰钢琴。女孩一时激动，就直接从窗户跳了下来。"

"可女孩的父亲是怎么发现这个秘密的呢？"

"听说是因为一封信。那女孩的父亲看到了一封寄给女孩的信，听说是一封匿名信，信上到底写了什么我也不知道，反正就是这封信让他察觉了这个秘密。"

我感觉自己的脑袋有点晕。

"可那家人的信不都是由女孩第一个拿的吗，她难道会傻到把寄给自己的匿名信给她父亲看吗？"

"我不是跟你说过嘛,那女孩的父亲在邮政局上班,信都是经他的手送出去的。他看见寄到自己家,寄给自己女儿的匿名信,能不拆开来看一下吗?"

我觉得自己的身体有些不受意识的控制了,我似乎想起那天早上去寄信的时候,那个坐在邮局里的男人。

我记不清是不是真有这个人了。

那天我看见了这个人吗?

我不知道。

我的意识开始迷糊,但我还记得我跟老板说的最后一句话:"能不能带我去看看那个女孩的父亲长什么样?"

第十三章 未 完

回到房间后，宋立学立马钻进被窝。失望和后悔的情绪像潮水一样不断地向他袭来。失望的是，自己费了好大劲才想出来的、自认为绝妙的推理竟然完全是错的。后悔的是，自己没有先去验证一下就迫不及待地在这么多人面前说出自己的推理。宋立学越想越尴尬，觉得自己这次真是丢人丢到家了，尤其是在孙小玲面前，回去以后孙小玲一定会狠狠地嘲讽他。

——可是，还回得去吗？

事到如今，凶手的身份依然不为人知，而凶手究竟是如何完成这么多起密室杀人案的也仍旧是个谜。面对这样一个神通广大的凶手，宋立学觉得自己就像一只蝼蚁一般，只能任由凶手宰割，毫无还手之力。

——凶手接下来还会继续杀人吗？凶手要把所有人都赶尽杀绝吗？我们真的能活着回去吗？

眼下所有人的希望都寄托在刘卓俊那个放火烧山的计划上了，虽然他对这个计划抱着几丝担忧，但不得不承认，确实也想不出什么别的办法了。

宋立学在心里默默祈祷着，祈祷自己还能回到熟悉的日常生活中去。

就这样，虽然各种情绪交缠在宋立学的心里，但向来"中午不睡下午崩溃"的他已经连续好几天没有好好睡过午觉了，强烈的倦意逐渐打败了各种情绪，缓缓将他拖入梦乡。

不知睡了多久，一阵微弱但持续的敲门声将他从梦乡中拽了出来。迷迷糊糊之中，他大概用了一两分钟的时间才意识到这急促的敲门声并不是从自己的房门发出的，声音的来源位于自己的上方。他走出房间，循着声音走上螺旋楼梯，寻找着敲门声的来源。不一会儿，他便找到了——许婷婷正站在十号房间门口用力地敲着房门，嘴里还不停地喊着"李先生，李先生"。

"怎么了？"宋立学走过去问道，"这大白天的，不会连李先生也出事了吧？"

"我也不知道，但是不论怎么敲门都没人回应，门也从里面反锁了。"许婷婷一边转动插在钥匙孔里的钥匙，一边转动铜黄色的门把手，但十号房间的门却纹丝不动。

"我试试。"宋立学伸出手转了转钥匙，确认门锁已经打开，但无论他怎么推门，房门依旧岿然不动。

宋立学摇摇头说道："看来这扇门也用插销从里面反锁住了，和之前出事的几个房间一样，估计李先生也凶多吉少了。"

"电锯还在三号房间里，我现在去拿，麻烦宋先生您去叫一下其他客人。"说完，许婷婷便转身跑下了螺旋楼梯。

当宋立学把孙小玲、刘卓俊、韩忠宇和吴沁妍都带到十号房间的门口时，许婷婷正在用电锯切割房门。此时房门已经被割开了一个小口子，大概又过了十分钟，房门终于被割开了一个明显的裂口。许婷婷把右手伸进裂缝，轻轻一动，接着收回右手轻轻一推，门便打开了。

* * *

李东旭的身体斜倚在床边，脑袋和胳膊都无力地耷拉着，他的胸口插着一把匕首，暗红色的鲜血还在不断地从他的胸口涌出。宋立学知道，他已经变成了一具尸体。

"窗户上的月牙锁是锁着的，这又是一起密室杀人。"宋立学走到窗户旁说道。

而刘卓俊则蹲在李东旭的尸体旁说道："看样子李先生应该是被匕首刺中了心脏，导致心脏破裂，失血过多而死，和沈老爷的死亡原因一样。"

"死亡时间呢？"

"应该还不到一个小时，估计在半个小时到一个小时之前。"

宋立学看了看手机，现在是下午四点钟，也就是说李东旭的死亡时间是下午三点到三点半之间。宋立学记得他们下午分别回房的时间是两点半左右，也就是说，李东旭是在回房之后的半个小时到一个小时之间被杀害的。

"这把匕首，会不会也是杀害沈老爷的凶器？"韩忠宇望着插在李东旭胸口上的匕首，开口道。

"很有可能。"刘卓俊慢慢地从李东旭胸口上拔出匕首，然后仔细地查看着李东旭的伤口。不一会儿，他开口道："李先生的伤口和沈老爷的伤口几乎一模一样，应该是用同样的利刃造成的。"

宋立学望着刘卓俊手里的杀人凶器，那把匕首长三十厘米左右。其中微微呈弧形的刀柄长度在十厘米左右，表面包裹着黑色的橡胶。刀刃的长度则差不多有二十厘米，即使刀尖沾满了暗红色的血液，刀刃剩下的部分依然洁白明亮，闪烁着柔和的光泽，看上去似乎是一把用纯银打造的匕首。

"为什么凶手这次没有把凶器带走呢？"吴沁妍说出了宋立

学心中的疑问。

——确实，在沈青云被杀害的案子里，凶手并没有把作案用的匕首留在现场，为什么杀害李东旭之后却把匕首留下了呢？

经过今天下午的打击，宋立学对自己产生了严重的怀疑，现在的他已经不敢再随便进行推理了。

就在这时，站在窗边的宋立学眼角的余光中突然出现了一抹黑色。他打开窗户，把头伸出窗外，朝北边望去，只见远方的山林正在冒出黑色的滚滚浓烟。

"啊，你们看，树林里起火了。"宋立学喊道。

"哇，看来赵管家他们成功了，我们有救了。"吴沁妍等人闻言纷纷走到窗边，朝北方望去。

远处的黑烟像个正在急速膨胀的气球，越来越大，迅速吞噬了大片的树林。

"我知道了。"就在众人的目光都被远方的森林大火所吸引时，孙小玲突然轻轻吐出了四个字。

"什么？"宋立学转过头，看见孙小玲不知何时站到了十号房间的门口，美目流盼，正来回打量着房间里的所有人。

"我知道凶手是谁了，也知道凶手是如何连续完成五起密室杀人了。"孙小玲一字一句地说。

宋立学察觉到，有一丝笑意从她的嘴角微微绽放开来。

第十四章 推 理

下午五点半左右,窗外的斜阳正在逐渐向山的那一头坠落,红色的晚霞在天空中蔓延。而在螺旋庄北方的山林里,炽烈的火焰像一头赤色怪兽,迅速吞噬着所到之处的所有植物,在渐渐暗沉的天色下越发明亮醒目。伴随火焰升起的是滚滚黑烟,仿佛一个张牙舞爪的黑色恶魔,逐渐遮蔽了半个天空。

此时赵永胜和杨美琴已经回到了螺旋庄,这里剩下的所有人都聚集到了螺旋庄的客厅里。

而这次,孙小玲成了这里所有人注视的焦点。

"关于这三天发生的五起杀人事件,我已经知道全部的真相了。"

"这次不会弄错了吧。"韩忠宇瞥了一眼宋立学,揶揄道。

孙小玲微微一笑。"其实我从一开始就知道宋立学的推理是错误的,只是当时的我还没有完全搞明白真相,所以没有指出来。可惜的是,当我终于弄明白所有真相的时候,却已经晚了一步,连李先生也被杀害了。"

"什么?你从一开始就知道我的推理错了?"宋立学惊讶地望着孙小玲。

"嗯。你的逻辑过程没有问题,但逻辑起点错了。"

"起点?"

"是的。你所有的推理都建立在这样一个起点上：张伟光的钥匙串之所以会掉在地上，是因为桌子晃动，导致钥匙串从桌上滑落到了地上。从这个起点出发，你推理出凶手是从窗户进来的，进而推理出螺旋塔可以旋转着上下移动。也是从这个起点出发，你推理出凶手是在九月十四日夜里下雷阵雨期间作案的，进而根据众人的证词推理出凶手是韩忠宇先生。你推理的过程没有问题，可惜这个推理的起点错了，所以才会得出错误的结论。"

"这个起点到底哪里错了？"

"其实只要稍微仔细地观察一下现场的状况，便很容易看出错误。"

"别卖关子了，"宋立学知道孙小玲在故意揶揄他，不禁有些生气，"你就直说吧。"

"那张白色方桌上除了钥匙串，还放了很多乱七八糟的杂物，其中桌面的边缘附近摆放着两瓶矿泉水，我想大家还记得吧。"

"当然记得，矿泉水怎么了？"

"两瓶矿泉水当中有一瓶是满的，还有一瓶完全是空的，只剩个塑料瓶子在那儿。问题就在这个空的塑料矿泉水瓶上，大家都知道，空塑料水瓶非常轻，相比张伟光那串挂满了钥匙的钥匙串要轻得多，而且空塑料水瓶的重心相比那串钥匙也要高得多。如果桌子发生了晃动，那么重量小、重心高的矿泉水瓶和重量大、重心低的钥匙串相比，到底哪个更容易掉落呢？"

"这……"

"而且我们在那张桌子上发现的钥匙串上的锈迹离桌面边缘有二十厘米左右的距离，也就是说那串钥匙一开始放在离桌面边缘大约二十厘米的位置，相比之下矿泉水瓶所在的位置比钥匙串更接近桌子边缘。如果桌子晃动，那么一定是空矿泉水瓶更容易掉到地上,而不是钥匙串。不仅如此,我仔细查看过,那张桌子的桌面十分粗糙,锈迹斑斑的钥匙串可没那么容易滑下去哦。然而现场的状况却是钥匙串掉在地上,空矿泉水瓶却好端端地竖立在桌面上。"

"会不会是凶手把掉在地上的矿泉水瓶又放了回去?"

"不可能,矿泉水瓶作为一个很轻的塑料制品,掉在地上所发出的声音绝对没有钥匙串这个重量更大的金属制品所发出的声音大,如果凶手没有听到钥匙串落地的声音,那就更不可能听到矿泉水瓶掉在地上的声音。如此一来,凶手根本不知道矿泉水瓶掉在了地上,也就不可能把它捡起来放回桌上了。"

刘卓俊点点头说道:"孙小姐说得确实有些道理。这样看来,之前宋先生所做的推理存在一个根本的矛盾:如果凶手不小心碰到了桌子,导致桌子晃动,那么桌面上的这些东西当中,为什么重量小、重心高、离桌面边缘相对更近的空矿泉水瓶没有掉落,而是重量大、重心低、离桌面边缘相对更远的钥匙串掉在了地上呢?"

"没错,就是这一点,让我从一开始就知道宋立学的推理有误。"

宋立学露出尴尬的笑容,开口道:"你说得确实有道理,我终于知道我的推理错在哪里了。不过既然你早就已经看破了,为什么当时不说出来呢?"

"因为当时的我也无法解释这个矛盾,为什么掉在地上的不是矿泉水瓶,而是钥匙串。但现在我终于明白了,只有一种可能。钥匙串并不是因为桌子晃动才掉到地上的。"

"什么?难道有人故意把钥匙串从桌上扔到了地上?可这样做好像没什么意义啊。"

"钥匙串也不是被人故意扔到地上的。"

"那究竟是怎么掉在地上的？难道你想说钥匙串一开始并不是放在桌上的？可这样一来，桌上的那些铁锈痕迹又是怎么来的？"

"钥匙串一开始确实是放在桌上的。"

"那到底是为什么？为什么钥匙串掉在地上，矿泉水瓶却没有？"

"钥匙串是自己掉到地上的，根本没有人碰过桌子。"

"你说什么？难道钥匙串长了腿，还能自己动？"宋立学一脸茫然地问。

孙小玲微微一笑道："嘿嘿，没长腿也能自己动哦。"

"我越来越搞不明白了，你到底在说什么？"

"让我们再回过头重新审视一下钥匙串和矿泉水瓶的区别。刚刚已经说过钥匙串重量大、重心低，矿泉水瓶重量小、重心高，除此之外我还特意提到了两者之间一个更重要的区别——钥匙串是金属质的，矿泉水瓶是塑料质的。"

"那又怎么样？"

"张伟光的钥匙串上面挂满了旧钥匙，这些旧钥匙由于年代久远，又基本都是铁质的，所以才会长满了铁锈。而铁质的物品相对于其他材质的物品来说，有一个非常独特的特性。"

"特性，什么特性？"

这时，一旁的刘卓俊用询问的语气开口道："你的意思是，磁性？"

"没错，磁性。只有铁、钴、镍等少数元素制成的物品具有磁性，这是铁制品和其他材料制品的重大区别。"

"可这和磁性有什么关系？这里又没有磁铁，也没有磁场。"

"不，案发当时，整个螺旋塔所在的空间内充满了磁场。"

"什么？你在说什么？这里哪来的磁场？"

"当然是从螺旋塔内部产生的，因为螺旋塔的中央就是一个巨大的电磁铁。"

没有人说话，所有人的脑中都被惊讶感给塞满了。

"什么意思？螺旋塔中央怎么会是电磁铁？"

"大家还记得螺旋塔的构造吗？中间是一个巨大的圆柱体，螺旋楼梯围绕着这个圆柱体呈螺旋状逐渐向上延伸，而螺旋楼梯的另外一侧则是一个一个的房间。我的结论是：螺旋塔中央的圆柱其实是一块巨大的铁芯，铁芯周围用与其功率相匹配的导线缠绕起来，便形成了一个标准的电磁铁。当然，电磁铁的外面必须用水泥外壳包裹起来，这样便不会被人发现了。"

"电磁铁？磁铁我还是知道的，可电磁铁又是什么东西？不好意思，我中学的知识早就全还给老师了。"吴沁妍疑惑地问道。

"电磁铁就是一种通电产生磁场的装置。最典型的电磁铁就是在通电螺线管内部插入铁芯……"

吴沁妍打断了孙小玲的话："不好意思，通电螺线管又是什么？"

"就是通了电的线圈。一八二〇年，丹麦物理学家汉斯·克里斯蒂安·奥斯特发现：当电流通过金属导线时，在导线周围的空间会产生磁场，导线中通过的电流越大，产生的磁场越强，这就是所谓的'电生磁'现象。如果我们把这根金属导线沿一个方向缠绕成空心圆管的形状，便可以把这根导线叫作螺线管，再给导线通上电，就是所谓的通电螺线管。"

吴沁妍似懂非懂地点了点头。

孙小玲接着说道："由于电生磁的缘故,通电螺线管本身便可以产生磁场,相当于一个条形磁铁,而为了使磁场的强度变得更大,可以在通电螺线管的内部插入一块铁芯,这样铁芯被通电螺线管的磁场磁化,磁化后的铁芯也变成了一个磁体,从而产生了磁场,两个磁场互相叠加,使螺线管的磁性大大增强。而通电螺线管和插在其内部的铁芯一起便组成了一个电磁铁。"

"你刚刚的意思是,螺旋塔中央这根圆柱的水泥外表里面是一个巨大的电磁铁,从而产生了磁场是吧?"

"没错。"

"可是产生磁场只需要用磁铁便可以了吧?为什么要用电磁铁?"

"问得好。电磁铁和磁铁有一个重要的区别:正常情况下,磁铁的磁性是永恒的,而电磁铁的磁性却可以通过电流来控制。只有给螺线管通电的时候,电磁铁才会产生磁场,所以只要控制通电的开关,便可以控制磁场的生成与消失;如果再加上一个可变电阻,便可以通过调节电流的大小来控制磁场的强弱。所以利用电磁铁可以很方便地控制其产生的磁场,而凶手的手里一定有控制通电开关和调节电流大小的遥控器。"

"什么?遥控器?"

"没错,凶手通过遥控器来控制螺旋塔中央这个巨大电磁铁的通电开关和电流大小,从而操控其产生的磁场,完成了五起不可能犯罪。"

"我还是没明白这五起案子和磁场有什么关系。"

"这便是我接下来要说的。首先,我们来看第一起案子,也就是沈小姐的坠楼案。之前刘医生已经详细总结过案情的相关细节，这里我就不再复述了。大家都知道，沈小姐无疑是从十二号房间，也就是最顶层的那个玩具屋里坠落的，问题就在于十二号房间的房门是从内部反锁的，而唯一可以出入房间的窗户又离地面有四十多米高，人根本不可能通过。为此，宋立学认为螺旋塔可以像螺丝钉一样通过旋转上下移动，这样凶手便可以在十二号房间转到地面高度的时候，轻松地通过窗户进入房间里，可惜的是，这个设想已经被我们否定了。"

"那凶手到底是怎么进入十二号房间的？这和磁场又有什么关系？"

"实际上，案发时，凶手根本就没有进入过十二号房间。"

"可是，那沈小姐是怎么掉下来的，你别告诉我她是自己跳下来的。"

"没错，沈小姐确实是自己跳下来的。"

"什么？你想说沈小姐是自杀的？"

"不，我没有说沈小姐是自杀的，只是说她是自己从十二号房间里跳下来的，当时十二号房间里只有她一个人。"

"我还是不明白，既然不是自杀，那她为什么要从房间里跳下来？"

孙小玲喝了口水，接着说道："还记得十二号房间那个玩具屋的布局吗？正对着窗户的是一座秋千，由于螺旋塔的房间都呈扇形，并且在正对着窗户的这个方向上比较窄，因此位于房间中央的秋千离窗户也不过一米多一点的距离。沈小姐便是在荡秋千的时候被秋千'弹'了出去，由于秋千离窗户很近，她的身体便越过窗户一直坠落到地上。"

"哈哈哈哈，这也太可笑了吧。亦心也不是小孩子了，荡个秋千还能不小心弹出去吗，简直是逗我。"韩忠宇发出一阵嘲讽的笑声。

"如果她并不是不小心,而是别的原因导致她弹了出去呢?"

"什么原因?"

"各位想想自己的学生时代,是不是有一些喜欢恶作剧的同学做过这样一种恶作剧:把大头钉放在同学的座位上,这时坐下来的同学会有什么反应?"

"当然是疼得大跳起来。"

"没错,在事先没有任何心理准备的情况下,如果一个坐着的人臀部突然感觉到了疼痛,那么这个人的第一反应一定是立马跳起来。案发当晚,沈小姐在荡秋千的时候,如果臀部突然感觉到一阵刺痛,会发生什么呢?她的本能反应会促使她从秋千上跳起来,恰好当时秋千正在来回摆动,借着秋千的惯性,沈小姐的身体会被向前甩出,越过窗户……"

所有人的脸上都露出了疑惑不解的表情,半晌过后,吴沁妍开口道:"我还是不明白,一个人荡秋千荡得好好的,臀部怎么会感觉到刺痛呢?"

孙小玲露出诡秘的笑容。"这就是这个诡计最精彩的地方,我们马上就要进入高潮了。"

"怎么又开始卖关子了。"宋立学小声地嘀咕了一句。

孙小玲似乎没有听到他的话,接着说道:"能让人的皮肤感到刺痛的并不一定是钉子或者针之类的东西,还有一样东西也可以让人突然感到刺痛——电流。"

"电流?你在说什么,这和电流有什么关系?"

"我想各位一定有被静电'电'到过的经历,尤其是气候干燥的秋冬季节,在和人握手的时候、触碰门锁的时候,或者关车门的时候等,伴随着'啪啪'声,手指常常会突然感到一阵刺痛,仿佛被针戳了一般,这时手会不由自主地立马缩回来,我说得没错吧。"

吴沁妍点点头。"确实,这个我感触很深,因为我的皮肤比较干燥,冬天的时候每天能被电二十多次,我都快被弄得神经衰弱了。"

"可是现在是夏天啊,空气这么湿润,哪有什么静电?"

"我举这个例子,是想说人在毫无防备的情况下,被电流电到的一瞬间会本能地做出相当剧烈的反应,哪怕是十分微弱的静电,也可以让人的手像弹簧一样弹回来,这是一种非条件反射。"

宋立学开口道:"我明白你的意思了,你是想说沈小姐在荡秋千的时候,臀部被电流电到了,导致她下意识地跳了起来,而秋千正在摆动,于是她的身体便被'弹'了出去。又因为秋千离窗户的距离比较近,于是沈小姐的身体越过窗户,坠落到了地上。"

"没错。"

"那这个电流到底是哪里来的?好好的怎么会有电流呢?"

"当然是在荡秋千的过程中产生的。"

"什么意思?"

"你们听说过电磁感应原理吗?"

孙小玲的话锋一转,嘴里突然蹦出了一个众人完全没有预料到的名词。

"电磁感应?我好像学过,但是记不太清了。"刘卓俊紧锁眉头,似乎在回忆上学时老师教过的知识。

"我上学时最讨厌物理,早就忘光了。"吴沁妍摇了摇头。

"电磁感应原理说的是,放在变化磁通量中的导体,会产生电动势,被称为感应电动势,如果将这个导体闭合成回路,那么这个感应电动势就会驱使电子流动,形成感应电流。"

"我想起来了,这是中学物理课上学过的知识,好像是什么法拉第发现的。"

"没错,一八三一年英国物理学家迈克尔·法拉第发现了磁与电之间相互联系和转化的关系。只要穿过闭合回路的磁通量发生变化,闭合回路中就会产生感应电流。这种现象就叫电磁感应,产生的电流叫作感应电流。"

"能不能说得通俗一点,什么磁通量?什么闭合回路?我完全听不懂你在说什么。"

"磁通量这个解释起来有点麻烦,你知道磁感线吗?"

吴沁妍嘟起嘴,一脸无辜地摇摇头。"不知道。"

"磁铁你总知道吧?"

"那当然。"

"磁铁周围会产生磁场,这你应该也知道吧?"

"嗯,知道。我还记得上学的时候在书上看到过磁铁周围吸引了大量铁屑的图片,当时还觉得挺恶心的。书上说磁铁之所以能吸引铁屑,是因为磁铁周围产生了磁场。"

"没错,磁感线就是为了形象地描绘磁场分布所虚构出来的曲线,你看到的那些铁屑被吸引之后形成的条带就是磁感线大致的分布。磁感线是闭合曲线,磁铁外部的磁感线都是从磁铁的 N 极出发进入 S 极,而磁铁内部的磁感线则是从 S 极指向 N 极。"

吴沁妍点了点头,似乎听懂了孙小玲的解释。

孙小玲继续说道:"磁感线的疏密程度可以表示该位置的磁感应强度的大小,磁感线越密集的地方,磁感应强度就越大……"

吴沁妍打断了她的话:"等等,磁感应强度又是什么?"

"唔,你理解成磁场的强弱就好了。一般情况下,一个地方的磁感应强度越大，这个地方的磁场就越强；磁感应强度越小，磁场就越弱。"

"哦，原来如此，那我倒是能理解。"

"因为磁铁都是两极附近磁场最强，中间附近磁场最弱，所以磁感线也是在磁铁两极周围的分布最密集，在磁铁中部周围的分布最稀疏。"

"嗯，这些我都理解。但这和你说的电磁感应有什么关系？"

"刚刚我说了，所谓电磁感应是指放在变化磁通量中的闭合回路产生感应电流的现象，这其中的关键是穿过闭合回路的磁通量发生变化。因为磁通量这个概念解释起来比较麻烦，所以我就跳过这个概念。简单来说，要想让穿过闭合回路的磁通量发生变化，有两种方式：一种方法是让闭合回路中的一部分导体在磁场中做切割磁感线的运动；另一种方法是让穿过闭合回路的磁场本身发生变化。而九月十四日夜里案发时，十二号房间内的状况恰好满足了第一种情况——闭合回路中的一部分导体在磁场中做切割磁感线的运动。"

"什么？我又听不懂你在说什么了，十二号房间里哪来的闭合回路？"

"秋千。"孙小玲的嘴里轻轻吐出这个词。

刘卓俊露出疑惑的表情："秋千怎么能算闭合回路？"

"不知道你们注没注意过：玩具屋里的秋千是全金属的。我仔细查看过了，顶部的横梁，左右两条垂挂着的长链，再加上底部的座板，全部都是铜质的，而铜是导电性能非常好的材料，所以这三者连起来恰好组成了一个闭合回路，而座板就是这个闭合回路中的一部分导体。"

"这也太不可思议了，秋千是一个闭合回路，这谁能想到……"

"确实，如果不是因为看透了凶手的诡计，我也不会想到杀人的凶器竟然是近在眼前的秋千。"

"可我还是不明白秋千是怎么杀人的。"吴沁妍的脸上写满了惊讶和困惑。

"这正是我接下来要说的。现在大家已经知道所谓闭合回路就是十二号房间中央的那座秋千，要想让这个闭合回路中产生电流，只需要让其中的一部分导体，也就是秋千的座板切割磁感线即可。这里又要回到我刚开始说的话题，螺旋塔的中央是一个巨大的电磁铁，而磁铁两极附近的磁场最强，磁感线最密集。对应到螺旋塔，也就是塔顶部和底部附近的磁场最强，磁感线最密集。巧的是，十二号房间恰好就位于接近螺旋塔顶部的位置。"

刘卓俊接过孙小玲的话头："这我能理解。当凶手用遥控器打开控制开关，给螺旋塔中央的电磁铁通上电流之后，电磁铁周围产生了磁场。而十二号房间由于靠近螺旋塔的顶部，离电磁铁的磁极很近，所以此时十二号房间内的磁场非常强，换句话说，通过十二号房间的磁感线相当地密集。"

"没错。现在我们知道，当时的十二号房间内分布着密集的磁感线，接下来我们再看这些磁感线的方向。我之前说过，磁感线在磁铁外部是从 N 极指向 S 极的——现在我们不管螺旋塔中央的电磁铁的顶部和底部哪边是 N 极，哪边是 S 极——虽然十二号房间接近螺旋塔的顶部，但仍然位于螺旋塔的侧面。这样一来，大多数穿过十二号房间的磁感线都应该是斜向下或者斜向上的，不论如何，肯定不会是水平的，这点大家能理解吧。"孙小玲说着，拿出笔在纸上画了个简单的示意图。

看着这张示意图，在场的人都点了点头。

"好了，现在我们再看闭合回路中的导体，也就是秋千座板

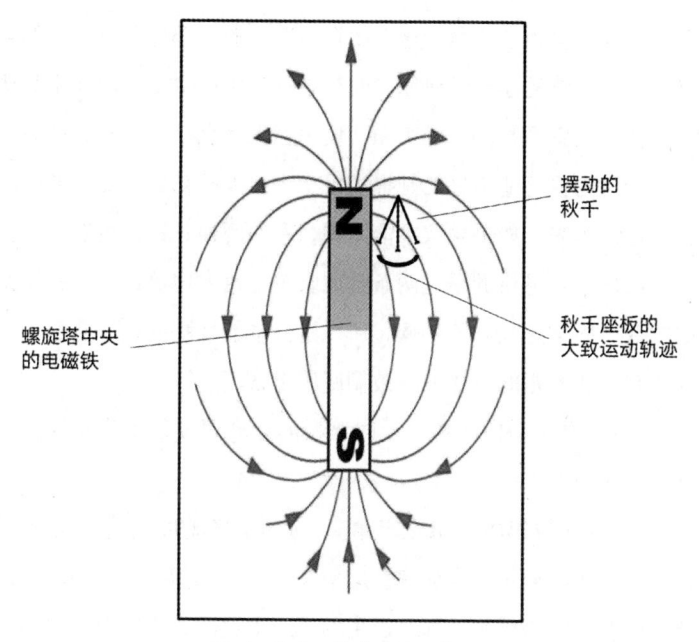

图五　沈亦心坠落诡计示意图

的运动方向。在荡秋千的时候，座板会随着人的身体一起左右摇动，这时座板的运动轨迹应该有一定弧度，但总体上仍大致沿着水平方向运动，没错吧？"孙小玲一边说着，一边又在刚刚的示意图上画了个秋千的侧面图，"你们看，沈小姐在荡秋千的时候，秋千座板的运动方向总体是接近水平的，而当时穿过十二号房间的磁感线则是斜向下或者斜向上的。无论如何，这两者之间都不可能是平行的，而是存在一个夹角。"

"这……我明白了，换句话说就是当时秋千的座板在切割磁感线。"

"没错。我刚刚说过，当闭合回路中的一部分导体在磁场中做切割磁感线的运动时，闭合回路中会产生感应电流。而在荡秋千的时候，座板作为秋千这个闭合回路中的一部分导体，做的就是切割磁感线的运动，所以当时整个秋千中产生了电流。于是沈小姐会突然感到臀部一阵刺痛，便下意识地立马跳起来，而荡秋千这个行为很可能恰好给她提供了一个更大的初始动能，使她跳得更远。本来，如果她双手能紧握住左右两根长链，可能还不会被甩出去，但可惜的是这两条金属长链上也有电流通过，让沈小姐的双手同样感到一阵刺痛，所以她会本能地瞬间松开双手。这样一来，沈小姐的身体便会被彻底甩出去。"

"我还是不明白，荡秋千时座板的运动速度能产生足够大的感应电流吗？"

"根据法拉第电磁感应定律，感应电动势的大小取决于穿过闭合回路的磁通量的变化率。通俗来说，如果闭合回路中的一部分导体在切割磁感线，那么产生的感应电流的大小主要与磁感应强度的大小、导体的长度、导体切割磁感线的运动速度，以及导体运动方向和磁感线方向之间的夹角大小相关。磁感应强度越大、导体越长、切割磁感线的运动速度越快、导体运动方向和磁感线方向之间的夹角越接近九十度，则产生的感应电流越大。"

"哇，你这简直是给我们重温了一遍中学物理课啊，不愧是物理系的高材生。"韩忠宇笑着说道。

"这些只是非常简单的初级物理知识，物理系真正研究的东西可比这些深奥复杂多了哦。"

韩忠宇没想到马屁没拍成，只能尴尬地附和道："那肯定的，肯定的。"

孙小玲接着道："刚刚已经说过，十二号房间离电磁铁的磁极很近，所以房间内的磁场相当强，也就是说磁感应强度相当大，我想产生可以引起刺痛感的电流应该还是没问题的。不过凶手如果想要完成这个诡计，必须控制好产生的电流大小，如果电流太小，可能沈小姐根本没有感觉，也就达不到让她瞬间跳起来和松开手的效果；如果电流太大，可能会在沈小姐的身体上留下痕迹，这样凶手的诡计很可能会暴露。所以凶手一定事先精心计算过各个因素的大小，并且通过调节磁场的强弱来控制秋千中产生的感应电流大小，确保自己的诡计可以成功。"

"可是要怎么调节磁场的强弱？"

"当然是调节通过电磁铁的电流大小，电流大小可以通过可变电阻器，也就是遥控器的不同挡位来调节。凶手只需要调节手中遥控器的不同挡位，便可以调节通过电磁铁的电流大小，进而调节电磁铁产生的磁场强弱，就和家里的电风扇、电饭锅、电灯可以调节挡位是一样的原理。"

刘卓俊点点头："原来如此，这样一来整个诡计就非常清晰了。九月十四日夜里，亦心在十二号房间玩具屋里荡秋千。这时，凶手用手里的遥控器打开了螺旋塔中央的电磁铁开关，并调节到合适的挡位，从而在周围产生了磁场。玩具屋由于距离电磁铁的磁极很近，所以房间内的磁场非常强。随着秋千摆动，其座板便在做切割磁感线的运动，从而导致秋千中产生了感应电流。于是，亦心臀部感到刺痛而立马跳了起来，双手也因为感到刺痛而瞬间松开。这样一来，她的身体便随着秋千的摆动被甩了出去。又因为秋千离窗户很近，她的身体越过窗户，坠落到了地上。"

一阵沉默，众人似乎都在脑海里想象着九月十四日深夜玩具屋里的场景。

过了一会儿，韩忠宇开口道："诡计我都明白了，可我还是不明白为什么亦心会大半夜跑到玩具屋里荡秋千，这不像一个正常人会做的事。"

"当然是凶手让她这么做的。"

"凶手？"

"没错，我想我说了这么多，大家应该已经知道凶手是谁了吧？"

"什么？"刘卓俊皱起眉头，似乎在思考着什么，但随即摇了摇头，"我还是猜不出来凶手是谁。"

"你们还记得玩具屋是谁一手布置的吗？"

"记得，是李东旭，我记得李东旭说他花了三个多月的时间才把玩具屋弄好。"突然，吴沁妍瞪大了眼睛，"什么？你，你是说……"

"没错，凶手就是李东旭，只有一手布置了玩具屋的李东旭，才有可能完成这个不可思议的高塔密室坠楼诡计。也只有作为沈小姐未婚夫的李东旭，才能让她在深夜毫无防备地独自一人来到玩具屋。"

震惊像藤蔓一样迅速爬上了每个人的心头，一阵短暂的沉默后，刘卓俊开口问道："可是，李东旭不是已经死了吗？"

"我是说李东旭是杀害沈小姐的凶手，而杀害李东旭的另有其人。"

"什么，你是说凶手不止一个人？"

"没错，关于这点我待会儿再说。"孙小玲点点头，"让我们暂时先回到沈小姐坠楼的案子当中。我猜测李东旭事先应该是这样对沈小姐说的：九月十四日夜里你到玩具屋来，反锁好门，然后把窗户完全打开，坐到秋千上，闭上眼睛，用力地荡秋千，一分钟后睁开眼睛,窗外会有惊喜。天真的沈小姐对自己深爱的未婚夫完全没有起疑心,满心欢喜地以为这是李东旭给她准备的生日惊喜。她万万没想到的是,未婚夫送给自己的生日惊喜竟然是——死亡。"

"这么看来,凶手确实只有可能是李东旭。如果是别人对亦心这么说的话,她一定会起疑心,根本不可能照做,但是自己深爱的未婚夫就不一样了。"韩忠宇叹了口气,露出悲伤的神色。

"可是李东旭为什么要杀死亦心?他不是很爱亦心吗?看他在亦心死后那失魂落魄的样子,难道都是装的吗?"

"那些当然是演出来的,至于杀人的动机,可能要等到我把所有案子的推理都说完才能揭晓。"孙小玲拿起桌上的高脚杯,将杯里的红酒一饮而尽,继续说道,"好了,沈小姐坠楼的案子就暂时说到这儿,我们接着说第二个案子:张伟光被杀案。简而言之,其实这个案子是个意外事故,并不是凶手有意为之。"

"什么?你说伟光的死是个意外?"

"没错,张伟光和沈小姐几乎是同时死亡的,而造成张伟光意外死亡的正是凶手杀害沈小姐的过程。"

"我,我好像没听懂……"吴沁妍开口道。

"其实让我最终推理出螺旋塔中央是一个巨大电磁铁这个结论的疑点一共有三个:其中第一个就是我刚刚说过的钥匙串掉在地上,但空矿泉水瓶没有。而第二个则是螺旋塔内部的物品。"

"什么意思?"

"从第一天来到这座螺旋塔内部时,我便有一种很奇怪的感觉,总觉得这里有点怪怪的,后来我终于想通了到底是哪里怪怪的:这里没有任何铁制品。我仔细检查过了,我们房间房门上的门把手、插销之类是铜质的,墙壁上的衣服挂钩是铝合金的,卫生间里的水龙头,莲蓬头等都是铜质的。总之,所有的金属物品都没有铁质的。当然,现在我们知道这是因为螺旋塔中央的电磁铁可以产生磁场,如果有铁制品的话可能会造成意想不到的麻烦。"

听孙小玲这么一说,宋立学在脑海里拼命回想着自己房间里的东西,他在脑海里搜索了半天,确实没能想到房间里有什么铁质的东西。

"然而,令凶手始料未及的是,张伟光却带了两件铁制品进了螺旋塔,一是健身房里的哑铃,二是他自己的那串钥匙。这两个东西一个要了他的命,一个则成了我推理的线索。"

"难道你的意思是,哑铃也和那串钥匙一样,被螺旋塔中央的电磁铁所吸引了?"

"没错。"孙小玲点点头,"当天晚上,张伟光举完哑铃后便把哑铃放在了床边的地板上,直到入睡。而当晚凶手按照自己的计划,为了杀害沈小姐启动了螺旋塔中央的电磁铁,在周围产生了磁场。我之前也说过,磁铁的磁场在两极最强,在中间最弱,也就是说,螺旋塔的顶部和底部的磁场最强,越到中间越弱。而张伟光所在的八号房间位于螺旋塔的中上部,离顶部的距离相对于底部更近一些,所以放在八号房间里的哑铃受到的斜向上的吸引力要大于斜向下的吸引力,因此综合来看,哑铃会朝着斜向上的方向移动。然而由于墙壁的阻隔,哑铃不可能穿过墙壁一直移动下去,而是会卡在墙壁和天花板的夹角处。这时,凶手已经按照计划顺利地杀害了沈小姐,于是他关掉了遥控器的开关,螺旋塔周围的磁场瞬间消失,而此时哑铃还悬浮在空中……"

刘卓俊接着说道:"失去了磁铁吸引力的哑铃会在重力的作用下落向地面,而此时位于哑铃下方的是睡得正香的伟光……"

"没错。螺旋塔的客房里,床都紧靠着房门所在的墙壁,相对于放在床边地面上的哑铃而言,离中央的电磁铁距离更近,所以哑铃在移动的过程中,一定会经过床上方的空间,最后被墙壁挡住。恰好,床又是紧贴着墙壁的。另外,因为螺旋塔的房间形状狭窄,床都比较窄,偏偏张伟光身材高大魁梧,几乎占据了整张床的面积。因此哑铃在磁场消失后,便自然而然地在重力作用下砸中了睡在床上的张伟光的身体。一个重达三十公斤的哑铃从高处落下,产生的破坏力可想而知。"

韩忠宇点点头说:"原来如此,这样一来,八号房间的密室之谜也完全解开了。根本就没有人进入过八号房间,哑铃先是在磁场的作用下斜向上升,但被墙壁挡住,而后又在重力的作用下坠落,恰好砸中了熟睡中的伟光的胸口。这一切都不在凶手的预料当中,对于凶手来说是个意外。"

"怪不得伟光的死亡时间和亦心的死亡时间如此接近,原来是凶手在杀害亦心的同时,连带发生的一起意外事件,当然这起意外的始作俑者依然是凶手本人。"吴沁妍恍然大悟地说。

"所以放在桌上的钥匙串也是因为电磁铁的吸引才掉在地上的咯?"

"没错。现在我们再回到最开始的那个推理起点,这样一来质量更小、重心更高的空矿泉水瓶没有掉落,而质量更大、重心更低的钥匙串却掉在地上就能解释通了,因为塑料做的矿泉水瓶不会受到磁铁的吸引力作用。"

"可我还是有一点不明白,按这个解释,钥匙串应该和刚刚的哑铃一样,都是先斜向上移动,然后被墙壁挡住,停在墙壁和天花板的夹角处,当磁场消失后,钥匙串便掉了下来。可这样一来,钥匙串应该掉在墙角,而不是掉在桌子附近才对啊。"

"你说得没错，可是你忘了吗？和桌子相对的那块墙壁区域有一排用来挂衣服的金属挂钩，张伟光又在挂钩下面放了一个健身球，当钥匙从空中掉下来的时候，很可能会碰到挂钩，然后弹到健身球上，而健身球的弹性很大，钥匙碰到健身球后又弹了起来，最后弹回了桌子附近的地面上。"

"所以说，钥匙掉在桌子附近是一个偶然事件？"

"没错。钥匙是在坠落过程中碰到挂钩和健身球后，恰好又弹回了桌子附近，只是个巧合而已，但却让我们产生了严重的误会，以为钥匙是直接从桌子上掉下来的。"

宋立学苦笑着说："没想到啊，钥匙掉落的位置居然只是个巧合，我以此为起点做了这么一大段推理，真是让人笑掉大牙。"

"好了，关于张伟光的案子也说得差不多了，我们接着说沈夫人被杀的案子。"这次孙小玲倒是没有挖苦宋立学，而是直接将话题转向了下一个案子。

"沈夫人的案子难道也和螺旋塔中央的电磁铁有关吗？"

"当然，这五起案子都是利用电磁铁产生的磁场来实现不可能犯罪，只不过利用的方式不同。你们还记得杀害沈夫人的凶器是什么吗？"

"杠铃片。"

"没错。杠铃片的主要材质也是铁，也是可以被磁铁吸引的哦。在沈夫人的案子里，宋立学认为杠铃片是从窗外飞过来，砸碎了窗户之后又继续砸中了沈夫人的额头，但问题是沈夫人所在的四号房间离地面有十几米的高度，凶手到底要如何让一个十五公斤重的杠铃片砸碎十几米高的窗户呢？为了解决这个高度问题，宋立学提出的方案是，螺旋塔可以旋转并且上下移动，可惜这个方案并不正确。其实我们只需要稍微换个思路就可以解决这个高度问题。"

"什么思路？"

"我们总以为杠铃片是从下往上飞过来的，这样一来就不得不面对这个十几米的高度问题，其实只要反过来想就可以轻松绕过这个高度问题：如果杠铃片是从上往下飞过来的呢？"

"什么，从上往下？"

孙小玲点点头。"没错，凶手是从十二号房间的窗户外扔出杠铃片的。"

"十二号房间，你是说亦心坠楼的玩具屋吗？"

"是的，根据螺旋塔的构造，每四个房间正好绕一周，所以位于四号房间正上方的是八号房间和十二号房间，而恰好十二号房间在我们检查过后就没有上锁，任何人都可以随时进去。"

"还是不对，横向的距离不够啊，四号房间的窗户和十二号房间的窗户在垂直方向上几乎是在一条直线上的，再怎么扔杠铃片也不可能砸中沈夫人的额头吧？"

"你说得没错，凶手站在十二号房间的窗户旁，把胳膊伸到外面，然后松开手，正常来说，手中的杠铃片在重力的作用下会做自由落体运动，最后掉在地面上，是吧？"

众人纷纷点头。

"可如果在自由落体的过程中给杠铃片施加一个横向的吸引力呢？"

"横向的吸引力？"

"凶手在杠铃片快要下落到四号房间窗户前的时候，打开了螺旋塔中央电磁铁的开关。我刚刚说过，磁铁的两极磁性最强，中间磁性最弱，四号房间位于螺旋塔的下半部分，在四号房间附近，杠铃片受到的螺旋塔底部的磁吸引力要大于螺旋塔顶部的磁吸引力，再结合竖直向下的重力作用，最终杠铃片会朝着斜向下的方向，也就是螺旋塔底部的方向运动，而四号房间的窗户恰好就处在杠铃片的运动轨迹上。"

吴沁妍瞪大了眼睛。"所以杠铃片就撞碎了四号房间的窗户，砸破了沈夫人的额头？"

"没错，在下落过程中受到电磁铁吸引作用的杠铃片，改变了运动的方向，从而砸破了四号房间的窗户。而此时的沈夫人恰好站在窗前，于是，很不幸的……"

"难道这又是个巧合？沈夫人那个时候站在窗前也是个偶然？"

"怎么可能？当然不可能是偶然，否则凶手精心设计的诡计不就毫无意义了吗？凶手应该事先和沈夫人打过招呼，比如，要想知道是谁杀了你女儿就在凌晨一点站在窗户前往外看之类的。"

韩忠宇点点头。"这倒也算合情合理，李东旭很可能利用了沈夫人急切地想知道杀害她女儿的凶手是谁的心理，来控制沈夫人的行动。"

孙小玲继续说道："在砸死沈夫人后，杠铃片继续沿着斜下方运动，直到触碰到地面。而凶手在完成杀人的目标之后便关掉了电磁铁的通电开关，螺旋塔周围的磁场消失，杠铃片受到的磁吸引力随之消失，便永久地停留在了四号房间的地面上，最后形成了我们看到的场景。"

"我终于知道为什么凶手要使用杠铃片作为杀人的凶器了。"宋立学接着说道，"首先当然是因为杠铃片是铁质的，可以被电磁铁所吸引；二是杠铃片本身的质量够重，可以保证一击必杀；第三则是因为杠铃片的形状是圆饼形，下落的过程中受到的空气阻力比较大，可以稍稍降低下落的速度，从而让凶手有更多的准备时间来操控电磁铁产生的磁场。"

"说得没错，这也是凶手选择十二号房间，而没选择同样在四号房间正上方的八号房间的原因。因为八号房间离四号房间太近，搞不好杠铃片刚扔下去就落到了四号房间的窗外，凶手很有可能还没来得及按下电磁铁的通电开关，这样一来诡计便彻底失败了。因此凶手宁愿选择更高一些的十二号房间，这样可以多一些反应时间，不至于来不及按开关、调挡位。当然，凶手事先肯定已经精心计算好了按开关的时机以及挡位，从而保证杠铃片的运动轨迹和他所预想的一样，能够准确地砸中沈夫人的脑袋。"

"原来如此，我一直以为杠铃片是从地面上扔过来的，却忽略了从房间上方飞过来的可能性。"宋立学叹了口气，似乎还在懊悔自己昨天那冒失的推理。

"这不怪你，"孙小玲的语气突然变得温柔起来，"毕竟这一连串案件的核心诡计在于螺旋塔中央是一根巨大的电磁铁。如果没有破解这一点的话，肯定会理所当然地觉得杠铃片是从下面扔上来的，这是最正常不过的思路了。"

"好了，第三个案子的真相我们知道了，那么接下来沈老爷的案子呢？凶手也是利用了电磁铁来杀人吗？"韩忠宇开口问道。

"没错。"孙小玲点点头。

"可是这起案子跟伟光和沈夫人的案子明显不同，凶器并不是哑铃、杠铃片一类的重物，而是匕首一类的利刃，并且现场也没有留下凶器，我实在想不通凶手要如何利用磁场来杀人。"吴沁妍皱起眉头，摇了摇头。

宋立学补充道："我也想不通，从某种意义上来说，张伟光和沈夫人的案子有异曲同工之处，都是铁质的重物在磁力和重力的双重作用下移动，最后击中了被害人的要害，致人死亡，只不过一个是无心之举，一个是有意为之。但沈老爷的这个案子明显不同，如果凶手在房间外面的某处利用磁力控制匕首，刺进了沈老爷的胸口，那么匕首应该会一直留在那里才对，可现实情况是匕首并没有留在那里。"

"完全正确，对于沈老爷这个案子，我们必须再次转变思路。这一次凶手没有利用磁力来移动凶器，而是利用磁力来移动被害者！"

"移动被害者，这怎么可能？人又不是铁做的，怎么可能被磁铁吸引？"

"人的血肉之躯确实不可能被磁铁吸引，但沈老爷的身体有一部分并不是他自己的血和肉。"

"你是说假肢？"

"没错，案发当时，沈老爷双臂上的假肢并不是原来的假肢，而是被凶手偷偷换成了铁质的。"

"什么？"在座的众人全都瞪大了双眼，发出一声惊呼。

"沈老爷双臂上所装的假肢原本是用铝合金做成的，而凶手在案发之前将这一对假肢偷偷换成了他早已准备好的铁质假肢。当然，这两对假肢的外观看上去必须一模一样，这一点凶手肯定早就已经考虑到了。只不过，因为铁的密度比铝合金要大，要想让两对假肢的重量接近，而不被沈老爷察觉，凶手很可能舍弃了原有的铝合金假肢的部分功能，以便尽量减少材料的用量，从而减轻铁质假肢的重量，并且凶手必须要等到案发前不久才替换假肢，这样才能将被发现的风险降到最低。"

"这到底是怎么一回事？我还是完全听不懂你在说什么。"吴沁妍脸上的表情混杂着茫然与好奇。

孙小玲微微一笑，继续说道："你们还记得我们在沈老爷床头发现的小纸条吗？那张纸条上写着：要想知道你女儿和老婆被杀的真相，就在今晚两点钟打开衣柜门。然而我们按照凶手的指示打开衣柜门，仔细检查了衣柜里面，却没有发现任何线索。所以凶手留下的这张纸条到底是什么意思呢？难道衣柜里面真的有什么通往真相的线索，被沈老爷给藏起来了？可是我们在沈老爷的身上并没有发现任何线索。"

"所以纸条上面写的这句话到底是什么意思？"

"没有意思。"

"什么叫没有意思？"吴沁妍瞪大了眼睛问道。

"我是说这句话的字面含义，所谓衣柜里有真相完全是凶手胡诌的，衣柜里自始至终就只有衣物，从来就没有过什么真相。"

"那凶手写这个纸条干吗？"

"因为位置。凶手想让沈老爷在凌晨两点钟的时候，准时出现在衣柜的柜门前这个位置，这才是凶手写这个纸条的真正目的，至于衣柜里面有什么根本无所谓！"

"你是说，凶手是为了把沈老爷'引诱'到衣柜的柜门前才写的那张纸条？"

"没错，和沈夫人的案子一样，凶手也是利用了沈老爷迫切想知道真相的心理。"

"可是衣柜的柜门前这个位置有什么特别的吗？凶手为什么要让沈老爷出现在那个位置？"

"请大家仔细回想一下自己房间里的家具布置，衣柜位于窗户右侧的墙角里，而房门正对着的则是窗户的右侧边缘，也就是说，衣柜的柜门前方这一区域正对着的是房门和墙壁之间的缝隙，也就是所谓的门缝。"

"门缝，关门缝什么事？"

"你们不是一直想不通为什么这个案子里凶器没有留在现场

吗，因为凶器从一开始就没有完全进入过三号房间。凶手只要将匕首的刀身部分插进三号房间的门缝里，然后等着沈老爷自己跑过来即可。"

"什么？"吴沁妍似乎对于孙小玲的话还没有完全理解。

"让我来试着还原一下昨晚案发当时的场景。凶手事先偷偷地将沈老爷的两条铝合金假肢换成了外表一模一样，但材料却是铁质的假肢，并且装到沈老爷的身上，随后又偷偷在沈老爷的床头留下纸条。凶手走后，沈老爷发现了纸条，也许他也怀疑过这是凶手的阴谋，但最终他还是克制不住想要知道真相的欲望，依照纸条上的留言，在凌晨两点钟走到了衣柜前方，准备打开衣柜，看看里面究竟有什么。当然，这时的沈老爷可能已经感觉到自己的两条假肢有些异常，但他并没有细想，依然准备说出指令，让两条'智能胳膊'抬起来，握住柜门上的把手，从而打开衣柜。而他没有想到的是，此时凶手就站在三号房间的房门外。"孙小玲清了清嗓子，继续说道，"房门外的凶手按下手中遥控器的开关，接通了螺旋塔中央电磁铁的电流，当然这次凶手并没有急着将电流调到某个挡位，而是逐渐增大电流，从而逐渐增大螺旋塔内部的磁场。这样做的后果是什么呢？由于沈老爷的双臂被换成了铁质的假肢，那么这两条胳膊便会受到磁铁的吸引，而且三号房间位于螺旋塔的下部，甚至已经接近最底部，因此受到电磁铁底部磁极的吸引力非常大。在凶手利用手中的遥控器逐渐增强磁场的同时，沈老爷的双臂假肢所受到的磁吸引力也逐渐增大，因此这两条假肢便具有了朝房门方向，也就是螺旋塔中央移动的倾向。而我们知道，沈老爷的双臂假肢是绑在上半身的，因此他的身体也会因为假肢的带动产生朝房门移动的倾向，就好像有人在前面拉住他的双臂往前拽他一样。那么这种时候，一个正常人的第一反应是什么呢？"

"为了保持身体的平衡，沈老爷会不由自主地迈开脚步，往房门的方向移动。"

"没错，沈老爷为了不被拉倒，只能迈开双腿，朝着受到吸引力的方向，也就是房门的方向移动。而我刚刚说过，沈老爷所在的位置正对着三号房间的门缝，因此几秒钟之后，沈老爷的身体便会移动到三号房间的门缝前。此时早已在房门外等候多时的凶手趁机将手中银匕首的刀尖部分插入门缝中，刀尖穿过门缝，刺入了沈老爷的心脏。由于刀柄无法穿过门缝，所以凶手在隔着门刺死沈老爷后便将匕首拔了出来，这就是凶器没有留在现场的原因。而心脏破裂的沈老爷一边后退，一边试图捂住自己胸口上被刺穿的破洞，但在剧烈的疼痛之下，他无法从口中说出指令，也就无法操控自己的双臂假肢——当然我不确定凶手偷偷换过之后的铁质假肢是否还保留着和之前一样的语音操控功能。总之在当时的情况下，沈老爷没法捂住伤口，血像喷泉一样从伤口喷涌而出，将房门、墙壁和地面沾染得到处都是。最后，沈老爷再也支撑不住，倒在地上死去了。"

"没想到居然是在假肢上做了手脚，可是，凶手要怎么神不知鬼不觉地把沈老爷的假肢换成铁的呢？沈老爷不是一直都戴着那两条假胳膊吗？"

"你们还记得我们刚来的那天，晚宴上沈夫人是怎么说的吗？她说沈老爷的这两条假胳膊每天都要脱下来清洗和维护一个小时，否则接受腔与残肢接触的地方很容易滋生细菌之类的，凶手就是在清洗和维护假肢的时候将铝合金假肢换成了另一副一模一样的铁质假肢的。"

"那岂不是说，清洗和维护假肢的人就是凶手？"

"没错,"孙小玲点点头,然后将目光转向一边,"负责为沈老爷每天清洗和维护假肢的人是你,所以你就是杀害沈老爷的凶手。许婷婷小姐,你是李东旭的帮凶!"

所有人的目光都齐刷刷地落在了许婷婷身上,但处于众人目光焦点的许婷婷本人,脸上的表情却没有丝毫变化。

"居然是你?"站在许婷婷身旁的杨美琴用不敢相信的眼神凝视着前者,"为什么?你为什么要杀老爷?"

"先别急着质问,让我先把话说完,"孙小玲打断了杨美琴的问话,"我们还剩最后一起案子,李东旭的死没有说完。在这个案子里,许婷婷小姐利用电磁铁,巧妙地在宋立学的眼皮底下制造了一个密室。"

"什么?在我的眼皮底下,这怎么可能?"

"你再回想一下今天下午的事发过程:首先是你听到敲门声,然后发现许婷婷在敲十号房间的门,接着你走到旁边,像许婷婷一样转动钥匙,确认门锁已经打开,可惜门依然完全推不动。这时候你判断十号房间和之前发生杀人事件的那几个房间一样——房门被里面的插销反锁住了。于是,许婷婷让你去叫其他人过来,自己则去拿电锯。等你把人都叫齐再次回到十号房间门口时,许婷婷已经在用电锯切割房门了。之后大概过了十分钟,许婷婷把房门割开了一个口子,然后把手伸进去,拉动插销,才终于把门打开。是吧?"

"没错,确实是这样。"

"然而这只是你所见到的表象,其实当时房门的插销根本就没有插上。"

"什么？那为什么门锁已经打开了，门却依然推不开？"

"因为门被电磁铁的磁力给吸住了。"

"门不是木头的吗，怎么可能被吸住？"

"许婷婷事先把安装在房门内外两侧的铜质门锁和门把手，全都换成了外表一模一样，但却是铁质的门锁和门把手。"

"什么？"

"许婷婷故意用力地敲门，发出巨大的声响，就是为了能吸引别人过来'见证'她的表演。而离十号房间最近的你，自然而然地成了这个'密室'的最佳观众。我想当时她的一只手里一定偷偷地握着遥控开关，在你过来之前，她打开开关，给电磁铁通上电流，使螺旋塔的空间内产生了磁场，对铁质的门锁和门把手产生了吸引力，而门锁和门把手固定在门上，因此门也被吸住了。由于十号房间接近螺旋塔的顶部，所受到的磁吸引力非常强，因此你才会推不开门。也就是说，当时你推不开门并不是因为房门的插销从内部插上了，而是因为螺旋塔中央电磁铁的磁吸引力，导致门被吸住了。"

"你是说，十号房间的房门插销自始至终就没有插上过？"

"没错。许婷婷在杀害李东旭之后，将十号房间房门上原有的铜质门锁和门把手用螺丝刀给拆下来，换上早已准备好的外表一模一样的铁质门锁和门把手，然后关上门，用钥匙把门锁好。之后她便假装用力敲门，把离得最近的你吸引过来，接着用诡计让你产生'房门被插销反锁住'的错觉。这样，一个假密室便在你的眼皮底下完成了。"

"唉，都怪我，完全没有起疑心。"宋立学似乎再次陷入懊悔之中。

"这也不能怪你，因为前几个案子的缘故，在那种情况下，任何人的第一反应都会觉得肯定和之前的案子一样：门又被里面的插销反锁住了。这是再正常不过的思维惯性。"孙小玲柔声说道，"在那之后，许婷婷让你去叫其他人，自己则去拿电锯，这样便可以保证由她自己来切割房门。接着，回到十号房间门口的她只需要装模作样地一边用电锯切割房门，一边等待你叫人回来。等她把房门割开后，再伸手进去假装拉动插销，最后推开房门即可，一个所谓的'密室'便在你的眼皮底下诞生了。"

"好精彩的推理！"一直沉默不语的许婷婷突然拍了拍手，昏暗的灯光下，她的面部表情显得阴沉不定，"可惜你说了这么多，都只不过是猜测而已，有什么证据吗？"

"嘿嘿，我就知道你会这样说，没有确切的物证你是不会认罪的。就在刚刚，赵管家已经拿着钥匙偷偷进入你房间搜查了。赵管家回来了。"

宋立学这时才发现，原本一直站在杨美琴和许婷婷身边的赵永胜不知何时出现在了客厅另一侧的阴影里，只见他的两只手里各拿着一个细长的东西。

"这是我刚刚从许婷婷房间的床底下找到的。"说着，赵永胜将手里拿着的两个细长的东西扔到了地上，发出清脆的碰撞声。

借着客厅昏暗的灯光，众人终于看清那是两条假肢。

"还有这个。"赵永胜说着又从口袋里掏出了两个闪着黄色光芒的东西，举到众人面前。

那是两个一体化的铜质金属门锁和门把手。

一直面无表情的许婷婷脸上突然闪过一丝惶恐，两只手在女仆装的口袋里乱翻着，然后抬头用愤怒的眼神看着赵永胜。"你，你居然偷我房间的钥匙？"

"是我提前和赵管家说好，让他趁你不注意的时候偷走你的钥匙。"孙小玲的嘴角微微扬起，"怎么样？我想赵管家从你房间里找出来的这些东西你一定不陌生：一个是原本装在沈老爷身上的假肢，一个是原本装在十号房间房门上的门锁和门把手。许小姐，你要不要解释一下为什么这些东西会出现在你的房间里呢。"

在沉默了许久后，许婷婷终于开口道："好吧，在我完全认输之前，我想问你一个问题。"

"你说。"

"你刚刚说让你推理出螺旋塔中央是电磁铁这个结论的线索有三个，可是你刚刚只说了两个：一个是八号房间桌子上的钥匙串掉落在地上，而空矿泉水瓶没有掉落；另一个是整个螺旋塔里面没有任何铁制品。那剩下的最后一个线索呢？"

"你不说我还真忘了。"孙小玲莞尔一笑，"除了那两件事以外，还有一件让我起疑心的事是我父亲送给沈小姐的手表。"

"手表？"一旁的宋立学想起了那块孙玉东送给沈亦心作为生日礼物的名表。

"没错，就是那块沈夫人还给我的表。"孙小玲转向宋立学，"沈夫人把表还给我的时候，你发现表的三根指针都不转了，但是表的外侧并没有任何受到破坏的痕迹，对不对？"

宋立学点点头道："是的，你说过这块表是在瑞士买的高档机械表，价格不菲，不知道为什么指针突然就不转了。一开始我以为是沈小姐坠地的时候把表摔坏了，可如果是这样，表面不可能没有任何破损的痕迹啊。"

"其实，一块外观完全没有受损的高档机械表，指针停止转动的原因很有可能是受到了磁场的影响，而且还是非常强的磁场。因为我们平时生活中接触到的磁场都很微弱，对机械表的影响并不大，但如果是高强度的磁场环境就不一样了。凶手为了杀害沈小姐，启动了螺旋塔中央的电磁铁，在螺旋塔内制造出了高强度的磁场环境，尤其是接近螺旋塔顶端的十二号房间内，磁感应强度非常高，因此才会使当时戴在沈小姐手腕上的这块机械表内的零件被严重磁化，导致指针停止转动。"

"原来如此，居然是因为磁场的影响。"宋立学露出恍然大悟的表情。

"可是我看手机上显示的时间很正常啊。"一旁的吴沁妍插话道。

"那是因为手机显示时间本质上是石英表，其核心部件是石英振荡器，动力源是一个永磁式步进电机，本身就带磁。而其他部件都采用防磁材料，处于强磁场中会影响它的走时精度，但离开强磁场就能恢复正常，不会出现像机械表那样被磁化后就一直不正常的现象。"

"没想到一块小小的手表也能成为你推理的线索，精彩精彩。"许婷婷拍了拍手，然后微微一笑道，"我认输了。"

"我的推理已经全部讲完了，作为一个侦探，我已经完成任务，破解了杀人的手法和凶手的身份。至于作案的动机，我想应该由你来亲自说明。"孙小玲似乎因为说了太多话而有些疲倦了。

此时，宋立学仿佛在孙小玲那双清澈的眼眸里看到了某种圣洁的光芒。

第十五章　真　相

"你和李先生为什么要杀死小姐、夫人和老爷？你们俩究竟是什么关系？你最后又为什么要杀死李先生？"杨美琴大声地喊道，似乎仍然不敢相信眼前这个跟随了她三年的姑娘是杀人凶手。

"我和他的动机大体上来说差不多，都是为了报仇，只不过他报的是他的仇，我报的是我的仇。"

"什么？报仇，报什么仇？"所有人都瞪大了双眼。

"先说我的仇吧。五年前青云集团研发的心脏支架出了问题被紧急召回的事情你们知道吗？"

"唔，我好像看到新闻上说过。"韩忠宇开口道。

"当时沈青云对着电视上的记者信誓旦旦地说所有出问题的心脏支架都已经被紧急召回，没有造成任何事故，但这完全是谎言，实际上我的父亲就是事故的受害人之一。"

"你父亲？"

"没错。五年前我的父亲因为急性心绞痛被送到医院，医生给他做手术，装上了青云集团生产的心脏支架，说至少可以让我父亲再多活个十年八年，但没想到仅仅过了一个星期，我父亲就突然因为急性心肌梗塞去世了。后来检查才知道，装在他心脏里的心脏支架竟然生锈了，导致细菌疯狂生长，在心脏里产生了炎症，从而引发了急性心肌梗塞。我去找医生理论，医生说他们也没想到青云集团生产的心脏支架竟然会是这样的劣质产品。我又去找青云集团的人投诉,结果对方死都不承认自己生产的心脏支架有问题。沈青云还在电视上装模作样地说什么自己公司生产的心脏支架获得了国际权威机构的认证,拿到了什么大奖,我呸!"许婷婷露出嘲讽和不屑的笑容,继续说道,"从那时起,我心里便产生了复仇的念头。我的母亲生我的时候因为难产而死,我从小和父亲相依为命,而青云集团却害死了我唯一的亲人。更何况,我后来才知道我的父亲只是众多受害者之一,青云集团生产的千千万万的劣质医疗器械不知道还坑害了多少人。"

"所以你来这里做女佣其实是为了接近沈老爷,伺机杀了他?"

"没错。"许婷婷点点头。

"那李东旭又是怎么回事?他要报什么仇,你俩又是怎么成为同谋的?"

"我听李东旭说过,沈青云在发迹之前曾经是个乞丐,杀死了他的姐姐,害得他变成了无依无靠的孤儿。这些年来,他一直在寻找那个乞丐,一直找了十几年才终于找到。令他完全没想到的是,曾经的乞丐如今摇身一变成了青云集团的董事长。所以他想方设法地接近沈亦心,甚至成了沈亦心的男朋友、未婚夫,但其实他和我一样,从一开始就是为了杀害沈青云。"

"什么?"赵永胜突然身子一歪,倒在了一旁的座椅上,双眼呆滞地自言自语道,"李先生竟然是这种人……"

"我还是不明白,那为什么连沈小姐和沈夫人都不放过?"

"因为李东旭想让沈青云也尝尝失去所有亲人的滋味,他想看沈青云痛苦的样子,然后慢慢在精神上折磨他。"

"所以,之前亦心去世的时候,李东旭那副极度痛苦的样子是装出来的吗？"吴沁妍似乎直到现在仍然不敢相信李东旭是杀人的凶手。

"当然是装出来的，他大学的时候可是学校话剧社的，演技可好了。哈哈，你们都被骗了吧？"

在场的人都沉默了。确实，他们之前完全被李东旭的演技给欺骗了。

突然，"砰"的一声响起，原来是刘卓俊握紧拳头猛地敲了一下桌子。"这个李东旭，亏我一直以为他是个优秀的男人，也配得上亦心的爱，没想到竟然是个畜生，不，连畜生都不如。"

"是啊，亦心明明那么爱他，他却只是在利用亦心，甚至还杀了她。"吴沁妍也是满脸愤怒的表情，恨恨地说。

"那你为什么要杀李东旭？"孙小玲继续向许婷婷问道，她的语气倒是依然十分冷静。

"因为我俩在杀害沈老爷这件事上出现了分歧。刚刚我说过，李东旭想让沈青云尝尝失去所有亲人的滋味，所以他在杀害沈亦心和林静娴后，决定暂时不杀沈青云，他要亲眼见证沈青云的痛苦。但是我不行，我已经等了五年，如果不趁这时候杀掉沈青云，以后可能就再也没有这么好的机会了，所以我决定这次亲自动手。至于杀人的手法，是李东旭和我早就商量好的，那两条铁质的假胳膊也是李东旭利用青云集团公司的资源早就做好了的，除了材料是铁的以外，其余和沈青云原本戴着的那两条假胳膊几乎一模一样。当然，为了让两者的重量差不多，这两条铁质胳膊省略了一些原假肢多余的功能。说来也是讽刺，当年沈青云的假医疗器械害死了我父亲，现在我又利用假医疗器械杀死了他。"

"也就是说，杀死沈老爷完全是你个人的行动是吧？"

"是的，李东旭非常生气，认为我破坏了他的计划。"

"所以你和李东旭之间起了争执，于是你就连他也一起杀了？"

"没错。今天下午李东旭把我叫到他的房间，质问我为什么不听他的话，擅自杀死了沈青云。我们之间爆发了激烈的争吵，他一怒之下掐住了我的脖子，我早就预料到可能会出现这样的情况，在去他房间之前便随身携带了用来杀死沈青云的那把银匕首，只是我没想到李东旭看上去高大威猛的一个人，结果被我刺了一刀就不行了。杀死李东旭之后，我想到了把房门的门锁换成铁质的，然后利用电磁铁在别人眼皮底下制造密室的诡计。当然我之所以能这么快想到这个诡计，是因为这本来就是很久以前李东旭和我商量过的备用杀人手法，铁质的门锁也是早就准备好的。讽刺的是，李东旭不会料到这个他想出来的密室手法最后会应用到他自己身上。"

"你和李东旭是什么时候开始合谋的？"

"从三年前他认识我的时候就开始了。其实李东旭很早以前就在策划杀害沈青云一家人了，只是一直没有想到合适的办法，直到有一天他从沈青云口中得知了螺旋塔中央是个电磁铁的秘密。这之后他想到了不少利用这个秘密来杀人的手法，只是还需要一个帮手。"

"为什么？这些诡计他一个人不能完成吗？"

"前两个可以，但是杀害沈青云的不行。他需要一个可以神不知鬼不觉地将沈青云的假肢给偷偷换掉的人，这个人必须平时就是负责这一块工作的，这样才不会引起怀疑。他本来想找杨姐你来做他的帮凶。"

"我？"杨美琴惊讶地用手指指着自己说道。

"没错，但是最后还是放弃了，因为他觉得你对沈家人非常忠心，估计说服不了你，反而会暴露自己的计划。于是他便以沈老爷需要一个专门的用人照顾，你一个人忙不过来为由，想要从外面找个新人过来做他的帮凶。"

"可是他怎么知道这个新人愿意成为他的帮凶？"

"当然有报酬。"

"报酬？"

许婷婷点点头。"当时他许诺我说，杀掉沈家所有人以后，他会给我五千万作为报酬。不过在我的威胁之下，其实这笔钱他在开始行动之前已经打给我了。"

"五千万？"吴沁妍惊呼一声，"他这么有钱吗？"

"你们想啊，如果沈家的人都死光了，那青云集团不就完完全全地归李东旭一个人掌管了吗？到时候有的是钱供他操控。"

"原来如此，看来李东旭不仅仅是想报仇，还有现实层面的利益考虑啊。"

"那是当然，李东旭这个人啊，总是什么都想要。不过他万万没想到，其实并不是他在利用我，而是我在利用他。"许婷婷露出得意的神色，"我一直处心积虑地想要接近沈青云，替父亲报仇，但是沈青云在三年前却突然消失在大众的视野中，没人知道他去了哪里。正巧这时候我看到了李东旭发布的招聘启事，虽然招聘启事里没提沈青云的名字，但是我知道李东旭和沈青云的关系，想着这可能是个机会，便来应征了。当李东旭对我说出他的计划时，我简直惊呆了，没想到这个人的目的竟然和我一样，甚至比我还狠。"

"所以李东旭其实并不知道你的目的也是杀害沈青云吗？"

"没错，他直到今天临死前才知道。"许婷婷突然转过头望向孙小玲，恨恨地说，"如果不是你的话，现在的我不仅完美地报了仇，而且还有了五千万现金，从这里出去之后这辈子都不用愁了。"

孙小玲嘴角微微一扬。"可惜，我的出现让你的美梦变成了泡影，就算我们能出去，你也会受到法律的制裁。"

一旁的宋立学开口道："我还有个问题想问你，为什么李东旭决定在这几天动手，如果他想杀人的话，平时不是有很多机会吗？为什么要趁这几天，这么多人在这里的时候动手？"

许婷婷还没有说话，孙小玲没好气地白了他一眼，先说道："你是不是傻？李东旭精心策划这么多密室杀人诡计是为什么？如果只是单纯地杀人，他至于费这么大劲吗？"

"啊，我明白了，我真是猪脑袋。"宋立学拍了拍自己的额头，"李东旭之所以处心积虑地设计这些密室杀人，就是为了让自己脱罪，但是这些密室杀人如果没有人亲眼见证的话就毫无意义了。而原本在这里的赵管家和杨姐因为本身和沈家有关联，警方可能不太会相信他们的证词，所以他必须要等到这里有别的不相干的人来的时候再实施他的杀人计划，好让我们这些外人都成为这些密室杀人案件的见证者。"

许婷婷点点头。"没错，这是最主要的原因。另外，这里的人越多，有嫌疑的人就越多，就越能够扰乱警方的调查。更让李东旭感到惊喜的是，生日晚宴的时候，沈亦心的那番话把她请来的这四个高中同学也牵扯进来，让他们也有了嫌疑，这正中了李东旭的下怀——嫌疑人越多越好。"

"这李东旭，差点儿害得我成了杀人凶手啊。"韩忠宇望着宋立学说道。

宋立学知道韩忠宇还在生他的气，觉得有些尴尬，不敢和他对视，只好转移话题道："我还有最后一个问题，沈青云为什么要建这个奇怪的螺旋塔？为什么要在中央放个这么大的电磁铁？又为什么要建在这么个鸟不拉屎的地方？"

"这螺旋塔并不是沈青云建的。"许婷婷开口道。

"什么？那是谁建的？"

"这我也不知道，我只听说沈青云在很久以前认识了一个当年战争时期从古南村逃难出来的村民，那个村民带他来到了这个地方，让他见到了这座古怪的螺旋塔。从此沈青云一直对这座塔念念不忘，他不仅出资买下了这块连政府也不管的地皮，还到处找资料研究这个螺旋塔，终于发现了塔中央有电磁铁的这个秘密。后来沈青云出了车祸，失去了两条胳膊，便想隐居幕后，恰好这里地处偏僻，环境又好，他就把螺旋塔装修了一番，当然他装修的时候一直很注意不使用铁质的材料。哦对，听说原来螺旋塔里这些房间的窗户都挺小，他还把窗户都给扩建了，变成了现在这样的大窗户。之后他便和家里人一起住了进来，还在螺旋塔的旁边专门修建了这个螺旋庄，用作起居活动之类的。"

"你的意思是说，这螺旋塔在战争年代就已经有了？"

"没错。"许婷婷点点头，"而且螺旋塔这个名字，也是后来沈青云给它取的。至于这个建筑原本叫什么，或者说有没有名字，就没人知道了。"

"那就奇怪了，这螺旋塔到底是谁建的？又为什么要建这么一座奇怪的建筑呢？"宋立学双眉紧锁，但他知道这里没有人能解答他心中的疑惑。

然而，孙小玲的声音突然响起："应该是 R 国人建的。"

"什么，R 国人？"在场的人听到这个突然出现的词语，都不禁瞪大了眼睛，望向孙小玲。

"你们还记得我在螺旋庄图书室里发现的那个笔记本吗？"

"你是说那本写满了R国的文字,边缘已经被烧焦了的笔记本吗?"

"对,就是那本。"说着,孙小玲从手包里掏出一个笔记本,放到桌上。宋立学定睛一看,正是他们在螺旋庄图书室里发现的那个笔记本。

"你居然把这个笔记本带在身上?"宋立学惊讶地问。

"唔,没想到吧。"孙小玲做了个可爱的鬼脸,"我不是在螺旋庄的图书室里找到了一本R国语字典吗?这几天我一直在图书室里对照着字典研究笔记本上的内容。"

宋立学想起这几天孙小玲经常会突然消失,原来是躲在图书室里。

"经过两天的现学现卖,我勉强看懂了笔记本上还没被烧掉的文字究竟是什么意思。"

"怎么可能?你,你是说你仅仅靠着一本字典,在两天内就学会了R国的语言?"

"不能算学会了啦,不过足够大致理解笔记本上的内容了。"

"这也太不可思议了,没想到孙小姐竟然这么聪明,怪不得能破解这起连环密室杀人事件,真不愧是物理学家的女儿。"韩忠宇由衷地赞叹道。

"这上面到底写了啥?和螺旋塔的来历又有什么关系?"刘卓俊开口问出了大家心中的疑惑。

"如果我没猜错的话,这应该是一本实验报告。"

"实验报告?什么实验?"

"研究磁场对人类精神影响的实验。"

"什么?"

"从实验报告里的内容来推断,螺旋塔很有可能是R国人建造的一个军事研究基地。之所以会在螺旋塔中央建造如此巨大的电磁铁，是因为这里研究的是如何利用磁场来影响人的大脑，从而控制人的精神。"

"这、这也……"吴沁妍已经惊讶得说不出话来。

"原来如此。这样一来，螺旋塔中央为什么会有电磁铁这件事就能解释得通了，没想到居然是用来做实验的。"刘卓俊倒是露出一副恍然大悟的表情，不住地点着头。

"我看实验报告里面写的，这里的实验对象都是从古南村和附近的村庄里抓来的少女，这些R国人把她们关在螺旋塔里，给她们换上白衣服，按照一定的周期模式来调节螺旋塔中央电磁铁的通电开关和挡位，从而控制磁场的有无和强弱，然后观察和记录这些少女身体的反应和精神的变化。当然他们有各种各样的检测设备，可以从不同维度来量化这些少女的反应和变化，这本实验报告就是用来记录这些数据的。"

"也就是说我们住的这些房间，在七十多年前是用来囚禁这些少女的，是吗？"宋立学开口问道。

"没错。"孙小玲点点头。

"太可恶了吧，"韩忠宇握紧拳头，语气中充满了愤怒，"竟然把无辜的少女抓来当做实验对象，这还是人吗？"

"实验报告里说，这些少女最大的十七岁，最小的只有九岁。"

"九岁？这些R国人简直是畜生啊。那这群畜生最后研究出什么结论了吗？磁场对那些少女究竟产生了什么样的影响？"

"没研究出结论，因为那群少女都死了。"

"什么？死了？"

孙小玲点点头。"报告里说，实验开始后，少女们的身体和精神越来越虚弱，他们试验了很多种方案，测试了很多种条件，但都没法通过磁场来控制少女们的精神。在实验开始后大约三个月的某一天，这群少女突然像约好了一般用身体猛烈撞击囚禁她们的房间的小窗户。尽管这里的窗户是用强化玻璃做的，却仍然经受不住持续的猛烈撞击，最终变得粉碎。而少女们在撞碎玻璃后则纷纷从窗户里钻出来，然后跳了下来。"

"这，难道是集体自杀？"

"没有人知道原因，那群研究人员也没想到会发生这种事。报告里记载这些研究人员猜测的原因是：长期处在高强度磁场环境中让少女们的精神已经完全错乱了，导致她们突然发狂。不过我倒不这么认为，我猜测是这群少女已经无法再继续忍受这非人的折磨和地狱般的生活，所以暗中约定集体跳楼自杀，即使结束自己的生命也不愿再继续作为实验材料活下去了。"

"不管原因是什么，这群R国人都太丧心病狂了，这还是人吗？"吴沁妍也露出义愤填膺的表情，语气里又带着些许不忍，"那些少女也太可怜了，小小年纪就要忍受这种非人的折磨，真是太可怜了。"

"战争当中，没有人是赢家，所有人都是蝼蚁罢了。"孙小玲喝了一口红酒，接着说，"我曾经在书上看到过，说R国人趁N国和J国交战正酣之际，偷偷派出科研人员和军队潜入N国，秘密地在N国境内进行人体实验，研究一些反人类的科技和武器，但是至今也没人知道他们当时在研究什么，在哪里研究。现在看来，这座螺旋塔，很有可能就是当年的研究基地的遗址。R国人建造了这座螺旋塔，并且在螺旋塔的中央建造了巨大的电磁铁，目的是为了产生足够强的、可控制的、可调节的磁场，从而持续地研究磁场对人体大脑的影响，妄图制造出可以控制人类精神和意识的武器。"

"啊，难道这就是整个天涯市只有古南村遭受到严重轰炸的原因吗？"宋立学突然想到在来这里的路上潘海龙说的那番话。

"恐怕是的，J国军方很可能得到了相关情报：R国军方在古南村建了一个研究秘密战争武器的研究基地。当时R国和J国也处于敌对状态，J国害怕R国万一真研究出来什么秘密武器会用到自己头上，便派出轰炸机将古南村炸了个稀巴烂，想赶紧毁掉这个研究基地。可惜的是，虽然古南村被炸成了废墟，但这个螺旋塔却侥幸逃过了一劫。只是经过这次轰炸，以及少女们的集体跳楼事件，R国的研究人员也意识到这里已经没法再继续待下去了，便紧急撤离了这个研究基地。"说着，孙小玲拿起桌上那本笔记本，"走之前他们可能放了把火，想把这里的证据都烧掉，这本笔记本上烧焦的痕迹可能也是那时候留下来的。"

"唉，为什么会有人想到用磁场来控制人的精神呢？"韩忠宇突然开口问道。

"人的思维过程本质上是大量神经元之间发射和接收电信号的过程，他们可能觉得磁场既然能影响电子的运动，应该也能影响人类的思维过程吧。"

"如果他们研究成功，真的造出了什么可以控制人类意识的武器的话，那后果真是不堪设想。"

"确实，这比什么生物武器、化学武器都要恐怖得多。"

"可是控制一个人的精神哪有这么容易，这可比摧毁一个人的身体要难多了，更别说大面积地控制一群人了，毕竟自由意志是人之所以为人的根本啊。"宋立学说完，又偷偷地瞥了一眼孙小玲。

孙小玲的目光正透过螺旋庄客厅的窗户，呆呆地望着窗外已经快要沉入黑暗的天空和远处山头的火光，嘴里喃喃自语着："这世上真的存在自由意志吗？"

就在这时，远处突然传来嘈杂的人声，这声音越来越近，渐渐地接近螺旋庄的客厅。

没过一会儿，螺旋庄的大门被猛地一下推开了，四个身穿制服的男人闯了进来。为首的男人大声喊道："这里很危险，你们赶紧跟我们离开这里。"接着，男人拿起手里的对讲机："我这里发现了很多人，请求再派一架直升机过来支援。"

——终于得救了。

宋立学轻轻地松了口气。

幕间五

秋雨越下越大,天色也比以前暗得更快一些。

我躲在草丛里,拿着匕首。

我在等女孩的父亲经过,我知道这是他每天傍晚从邮局下班回家的必经之路。

这几天,我的脑海里只有一幅画面,就是女孩父亲的脸。

我死死地记住了他的脸,因为我要杀了他,替女孩报仇。

他来了,走过来了。

然而,在那一瞬间,我并没有跳出来,而是眼睁睁地看着男人走了过去。

因为我知道,杀死女孩的并不是她的父亲,而是我。

是我杀了她,是我杀了女孩。

如果我没有写那封蠢信,女孩的秘密就不会被她的父亲发现,女孩就不会死。

是我杀了给我第二次生命的人。

秋雨潇潇,我却在这个城市的角落里狂笑。

我笑得上气不接下气,笑得前仰后翻,笑得眼泪都出来了,我从没有笑得这么开心过,笑得这么大声过。

我拿起沾满雨水的匕首,慢慢靠近自己的手腕,用力地划了下去。

恋……

尾　声

九月二十一日上午十一点，天涯市 proton kinoun 咖啡馆。

从螺旋塔回来之后的第四天，宋立学突然收到孙小玲的信息，约他见个面，说是有重要的事情要跟他说。

"我约你来，是想和你说说关于李东旭杀人动机的事情。"

"不是说沈青云发迹以前杀死了李东旭的姐姐，所以李东旭才要报仇的吗？"尽管九月的天气依然十分炎热，宋立学却喝着热的卡布奇诺。

"那只是李东旭所认为的。从螺旋塔回来之后，我拜托爸爸的朋友帮忙找了不少当年的资料，发现事情并不是李东旭以为的那样。"

"什么意思？"

"李东旭的姐姐名叫苏恋，两个人之所以不同姓，是因为一个随父姓，一个随母姓。李东旭出生之后不久，他们的母亲就病死了。而他们的父亲对苏恋的学习要求十分严格，一心只盼着女儿能考上好大学，赚很多的钱。苏恋很喜欢弹钢琴，但是她的父亲对此极力反对，觉得这纯粹是不务正业，不仅影响学习，还是烧钱的玩意儿。于是苏恋读高中的时候，每天放学后就只能偷偷地去钱柜中学的音乐教室里练钢琴。"

"等等，为什么练琴要偷偷跑到钱柜中学去？"

"因为钢琴在当时算是个稀罕玩意儿，只有钱柜中学这样的贵族学校才有。苏恋当时读的是一所普通中学，没有钢琴，于是她便想出了这样的方法偷偷练琴。而她的父亲一直以为女儿每天是在学校里学习，所以才会很晚回家。"

"对钢琴这么痴迷啊。"宋立学想到了什么乐器都不会的自己，心里不禁有些羡慕。

"然而有一天这件事情却被她的父亲知道了，苏恋因此被狠狠地骂了一顿，一时想不开竟然跳楼自杀了。"

"什么？"宋立学刚准备咽下的咖啡差点喷了出来。

"你知道苏恋的父亲为什么会知道这件事吗？据说是因为一封信。"

"一封信？"

"据说有个瘸腿乞丐经常在钱柜中学门口要钱，苏恋每天放学之后去钱柜中学练琴的时候都会给这个乞丐钱，一来二去，这个乞丐似乎是对苏恋产生了感情，甚至每天傍晚都会跟踪到苏恋练琴的音乐教室旁边偷听苏恋的琴声。后来，这个乞丐偷偷打听到了苏恋的家庭住址，然后写了一封匿名信寄给女孩，信上写着：谢谢你，还有你每天黄昏的琴声。然而不巧的是，苏恋的父亲正好在当地邮政局上班，看到这封寄给自己女儿的匿名信，他便好奇地拆开来看了。正是这封信，让他起了疑心，回家后便开始质问女儿，最终发现了苏恋的小秘密。这让他大发雷霆，苏恋也一时冲动跳楼自杀了。"

"这也太可怜了，乞丐这是好心办错事啊，反而让自己爱慕的女孩丢掉了生命。"

"没错。绝望的乞丐在一个下着雨的秋日傍晚，拿刀割破了自己的手腕，想要自杀。然而，这个乞丐却没死成，一个路过附近的好心人把他送到医院，救了回来。"

宋立学似乎突然意识到了什么，瞪大眼睛说道："难道这个乞丐就是沈青云？"

"没错，那件事之后，乞丐洗心革面，开始了属于自己的人生传奇。多年以后，乞丐成功创立了青云集团，后来还一举成为天涯市的超级富豪。当然，这时的乞丐早已改名沈青云了。沈青云发迹以后，耗费了大量的资金，遍访了世界上最好的医疗机构，终于治好了自己的瘸腿。戏剧化的是，腿是治好了，可三年前的一次车祸又让他失去了两条胳膊，只能戴着假肢生活。"说着，孙小玲从手包里拿出一张照片，递到宋立学的面前。

"这不是螺旋塔一楼门厅里挂着的那张素描里的女孩吗？"

孙小玲喝了一口面前的冰拿铁，一字一句地说："这个女孩就是苏恋。"

"什么？所以沈青云是把曾经当乞丐时爱慕的女孩的画像挂在了螺旋塔里？"

孙小玲点了点头。

"怪不得没人知道那个女孩是谁。不对，李东旭肯定知道啊，这可是他的亲姐姐。"

"李东旭当然知道，但是李东旭从一开始就搞错了这件事情，小时候他的父亲和他周围的人可能对他隐瞒了姐姐跳楼的真相，毕竟父亲逼死女儿不是什么光彩的事情。"

宋立学点点头。"确实，如果他知道自己的父亲逼死了自己的姐姐，心里会受到多大的打击可想而知。"

"苏恋的父亲在苏恋自杀之后不久也一病不起，没几个月就去世了，李东旭一下子失去了所有的亲人，彻底变成了孤儿。"

宋立学插话道："所以他才会这么恨沈青云，甚至不惜杀掉他所有的家人，让他也尝一尝失去所有亲人的滋味，想在精神上狠狠地折磨他。"

"长大后李东旭对姐姐的死起了疑心，开始追查杀害姐姐的凶手，最终查到了沈青云的头上。但不知为何，他却以为沈青云是杀害他姐姐的凶手。"

"可能是乞丐跟踪女高中生之类的，一听就像是什么变态才会做的事吧。"

"估计在李东旭的心里，他觉得沈青云之所以把姐姐的画像摆在螺旋塔里，是要对自己所犯下的罪进行忏悔吧。被仇恨蒙蔽了双眼的他，每次看到那张姐姐的素描画，可能心里对沈青云的憎恨就更深一层。"

宋立学轻轻叹了口气。"唉，他没想到沈青云的心里其实深深爱慕着自己的姐姐吧，即使这么多年过去了依然没有忘记她，但却只能用一张素描来默默怀念了。"

"话说回来，沈亦心这个名字也和苏恋有关哦，'亦心'二字合起来不正是'恋'字吗？"

"你这么一说，确实是哦。这个沈青云还真是长情，连给女儿起名都要化用这个女孩的名字，看来这个名叫'苏恋'的女孩一定特别有魅力吧，不然怎么能让沈青云几十年了还念念不忘呢？"宋立学拿起照片，目不转睛地看着女孩的容颜。

"怎么？你也被迷住了？"孙小玲眉头微蹙，双眼直勾勾地盯着宋立学说道。

"不是，我就是说说。"宋立学赶忙放下照片，转移视线和话题，"话说回来，整起事件还真是充满了讽刺意味呢。"

"讽刺？"

"唔，你还记得那个名叫'任雨恋'的女孩坠楼事件吗？在那个案子里，韩忠宇喜欢任雨恋，却在无意中间接害死了她。而在'苏恋'这个案子里，沈青云喜欢苏恋，却也在无意中间接害死了她。"

"你这么一说，倒还真是。对于韩忠宇和沈青云来说，没有什么比这更可悲的事了。"孙小玲若有所思地微微点了点头。

"还有螺旋塔的案子，李东旭一心以为沈青云杀害了自己的姐姐，处心积虑地谋划了这么多诡计来报仇，其实却完全弄错了事情的原委，白白害死了那么多无辜的人。报仇报错了对象，我觉得李东旭甚至比韩忠宇和沈青云更可悲。"

孙小玲将杯中剩下的拿铁一饮而尽。"或许这就是命运的荒谬和残酷之处吧。"

此时，时间已经接近正午。宋立学望向窗外，强烈的阳光洒落在熙熙攘攘的人群之中，一切都是那么明亮，似乎连人们心中的黑暗也被驱散殆尽了。

图书在版编目（CIP）数据

螺旋塔事件 / 孙国栋著. -- 北京：新星出版社，2023.2
ISBN 978-7-5133-5063-1

Ⅰ.①螺… Ⅱ.①孙… Ⅲ.①推理小说-中国-当代 Ⅳ.①I247.5

中国版本图书馆CIP数据核字（2022）第191417号

午夜文库
谢刚 主持

螺旋塔事件

孙国栋 著

责任编辑：刘　琦
责任校对：刘　义
责任印制：李珊珊
封面绘图：KEN
装帧设计：hanagin

出版发行	新星出版社
出 版 人	马汝军
社　　址	北京市西城区车公庄大街丙3号楼　100044
网　　址	www.newstarpress.com
电　　话	010-88310888
传　　真	010-65270449
法律顾问	北京市岳成律师事务所

读者服务：010-88310811　service@newstarpress.com
邮购地址：北京市西城区车公庄大街丙3号楼　100044

印　　刷	北京美图印务有限公司
开　　本	910mm×1230mm　1/32
印　　张	7.25
字　　数	119千字
版　　次	2023年2月第一版　2023年2月第一次印刷
书　　号	ISBN 978-7-5133-5063-1
定　　价	48.00元

版权专有，侵权必究；如有质量问题，请与出版社联系调换。